A LINGUAGEM DOS ANIMAIS

Contos e crônicas sobre bichos

rmãos Grimm, Hans Christian Andersen, Machado de A
le Moraes, Italo Calvino, Carlos Drummond de Andrad
Christian Andersen, Machado de Assis, Guy de Maupa
Calvino, Carlos Drummond de Andrade, Lygia Fagundes T
Machado de Assis, Guy de Maupassant, Lima Barreto, Fran
le Andrade, Lygia Fagundes Telles, Moacyr Scliar, Irmão
le Maupassant, Lima Barreto, Franz Kafka, Vinicius de
Fagundes Telles, Moacyr Scliar, Irmãos Grimm, Hans Chr
Barreto, Franz Kafka, Vinicius de Moraes, Italo Calvino, C
Scliar, Irmãos Grimm, Hans Christian Andersen, Macha
Vinicius de Moraes, Italo Calvino, Carlos Drummond de
Hans Christian Andersen, Machado de Assis, Guy de Ma
Calvino, Carlos Drummond de Andrade, Lygia Fagundes
Machado de Assis, Guy de Maupassant, Lima Barreto, Fran
le Andrade, Lygia Fagundes Telles, Moacyr Scliar, Irmão
le Maupassant, Lima Barreto, Franz Kafka, Vinicius de
Fagundes Telles, Moacyr Scliar, Irmãos Grimm, Hans Chr
Barreto, Franz Kafka, Vinicius de Moraes, Italo Calvino, C
Scliar, Irmãos Grimm, Hans Christian Andersen, Macha
Vinicius de Moraes, Italo Calvino, Carlos Drummond de
Hans Christian Andersen, Machado de Assis, Guy de M
Italo Calvino, Carlos Drummond de Andrade, Lygia Fa
Andersen, Machado de Assis, Guy de Maupassant, Lima B
Drummond de Andrade, Lygia Fagundes Telles, Moacyr
Assis, Guy de Maupassant, Lima Barreto, Franz Kafka,
le Andrade, Lygia Fagundes Telles, Moacyr Scliar, Irmão
Guy de Maupassant, Lima Barreto, Franz Kafka, Vinicius
Fagundes Telles, Moacyr Scliar, Irmãos Grimm, Hans Ch
Lima Barreto, Franz Kafka, Vinicius de Moraes, Italo Calv
Scliar, Irmãos Grimm, Hans Christian Andersen, Macha

A linguagem dos animais

CONTOS E CRÔNICAS SOBRE BICHOS

Irmãos Grimm

Guy de Maupassant

Machado de Assis

BOA COMPANHIA

Grafia atualizada segundo o Acordo Ortográfico da Língua Portuguesa de 1990, que entrou em vigor no Brasil em 2009.

Capa e projeto gráfico Retina78

Revisão Jane Pessoa

Dados Internacionais de Catalogação na Publicação (CIP)
(Câmara Brasileira do Livro, SP, Brasil)

A Linguagem dos animais : contos e crônicas sobre bichos. — 1ª ed. — São Paulo : Boa Companhia, 2012.

Vários autores.
ISBN 978-85-65771-03-0

1. Contos brasileiros – Coletâneas 2. Crônicas brasileiras – Coletâneas.

12-09819 CDD-869.9308

Índices para catálogo sistemático:
1. Contos : Coletâneas : Literatura brasileira 869.9308
2. Crônicas : Coletâneas : Literatura brasileira 869.9308

1ª reimpressão

[2014]

EDITORA SCHWARCZ S.A.
Rua Bandeira Paulista, 702, cj. 32
04532-002 — São Paulo — SP
Telefone (11) 3707-3500
Fax (11) 3707-3501
www.companhiadasletras.com.br
www.blogdacompanhia.com.br

Sumário

ARCA LITERÁRIA

No conto que dá nome a esta antologia, o escritor italiano Italo Calvino conta a história de um homem chamado Babu que aprende a linguagem dos animais e, se comunicando com eles, salva muitas pessoas em diversas situações. Rompendo a grande barreira que separa os dois reinos, chega a se tornar papa. Situação contrária à das fábulas, que tanto ouvimos quando criança, em que os bichos falam a nossa língua — e não só: eles se vestem e se comportam como se fossem humanos.

Se, por um lado, natureza e cultura estão cartesianamente separadas entre nós ocidentais, no campo da imaginação a distância entre os dois reinos não parece tão grande: nos contos, lendas, crônicas e romances os bichos são presença constante, seja representando o nosso papel ou apenas o deles mesmos. O tema do valor da liberdade, recorrente nos contos em que há pássaros, por exemplo, pode levar o leitor a refletir sobre o conceito de justiça por trás das nossas relações com os animais, mas, em sua maioria, os textos mostram os bichos à revelia dos humanos, com autonomia e uma força própria de expressão.

Neste livro há um pouco de tudo. Em "Do amor aos bichos", Vinicius reverencia as galinhas e as vacas, animais que "vivem de dar, e dão tudo o que têm, sem maiores queixas que as do trespasse, transformando-se num número impressionante de utilidades". "O rouxinol", de Andersen, por sua vez, é farto de lirismo; e em "Ideias de canário" Machado apresenta um pássaro astuto dado à filosofia.

Organizados cronologicamente pela data de nascimento dos autores, os textos revelam características próprias de cada época. Entre os autores do século XIX, nota-se uma preferência pelo tom sombrio; já nos brasileiros do século XX, é a leveza, própria também da crônica, que marca presença. Juntos, eles nos mostram que há muito, muito tempo os animais são assíduos em nossas vidas, servindo de matéria rica e variada para a literatura.

IRMÃOS GRIMM

MESINHA-PONHA-SE, O ASNO DE OURO E PORRETE-PULE-DO-SACO

Antigamente havia um alfaiate pai de três filhos e dono de uma única e solitária cabra. Ora, a cabra, que alimentava a todos eles com seu leite, tinha que receber forragem de primeira e todo dia ia pastar da melhor relva, conduzida pelos três filhos, que se revezavam. Uma vez o mais velho levou a cabra para pastar no cemitério, onde crescia grande quantidade de relva muito tenra, e lá permitiu que ela comesse e trotasse à vontade por onde bem entendesse. À noitinha, na hora de voltar para casa, o rapaz perguntou à cabra:

— E então, mocinha, satisfeita?

A cabra respondeu:

Béééé! Béééé!
Encerrei o expediente:
Comi feito demente!

— Então vamos para casa — disse o rapaz, e saiu puxando a cabra pela corda de volta para o estábulo, onde a amarrou bem amarradinha.

— E então? — perguntou o velho alfaiate. — A cabra pastou direitinho?

— Nem lhe conto! — respondeu o filho. — Está com a barriga tão cheia que não aguenta comer mais nada.

O pai, querendo verificar o assunto pessoalmente, desceu até o estábulo, fez festa na querida cabrinha e perguntou:

— Você comeu bastante?

E a cabra respondeu, com sua voz tremida:

Comi bastante, nada!
Nem uma folhinha,
Coitada da cabrinha.
Estou toda esfolada
De andar em pedra afiada.
Béééé!

— Como? Que novidade é essa? — exclamou o alfaiate, que voltou para casa correndo e foi para cima do filho:

— Seu mentiroso de uma figa! — gritou ele —, você me diz que a cabra está alimentada e deixa o bichinho morrendo de fome!

Furioso, agarrou o metro que estava pendurado na parede e deu tanta pancada no filho que ele acabou indo embora de casa.

No dia seguinte foi a vez do segundo filho, que escolheu um lugar perto da cerca do jardim, um lugar onde a relva era excelente, tão boa que a cabra pastou tudo e não deixou nem um talinho para contar a história. À noitinha, quando achou que estava na hora de voltar para casa, o rapaz perguntou à cabra:

— E então, mocinha, satisfeita?

A cabra respondeu:

Béééé! Béééé!
Encerrei o expediente:
Comi feito demente!

— Então vamos para casa — disse o rapaz, levando a cabra de volta para o estábulo e amarrando-a bem.

— Ah! Já chegou, meu filho? — disse o velho alfaiate. — A cabra pastou direitinho?

— Olhe — disse o filho —, ela está com a barriga tão cheia que não aguenta comer mais nada.

O alfaiate, sem acreditar muito, resolveu verificar o assunto pessoalmente e perguntou à cabra:

— E então, mocinha, é verdade que você comeu bastante?

E a cabra respondeu, com sua voz tremida:

Comi bastante, nada!
Nem uma folhinha,
Coitada da cabrinha.
Estou toda esfolada
De andar em pedra afiada.
Béééé!

— Ah, eu pego aquele malandro! Deixar uma beleza de um bichinho desses morrer de fome! — exclamou o alfaiate, que voltou para casa correndo, pegou seu metro e deu tanta pancada no filho que o filho teve que sair correndo porta afora.

Quando chegou a vez do terceiro filho, ele resolveu fazer a tarefa muito bem-feita e por isso saiu em busca dos campos de relva mais macia e suculenta existentes nas redondezas. Para lá levou a cabra, que pastou até não poder mais. À noitinha, na hora de voltar para casa, o rapaz perguntou à cabra:

— E então, mocinha, satisfeita?

E a cabra respondeu:

Béééé! Béééé!
Encerrei o expediente:
Comi feito demente!

— Então venha, vamos para casa — disse o rapaz, levando a cabra para o estábulo e amarrando-a com todo o cuidado.

— A cabra pastou direitinho? — perguntou o velho alfaiate.

— Olhe — disse o filho —, ela está com a barriga tão cheia que não aguenta comer mais nada.

O pai foi dar uma olhada e perguntou:

— Você comeu bastante?

E a cabra malvada falou de novo com voz tremida:

Comi bastante, nada!
Nem uma folhinha,
Coitada da cabrinha.
Estou toda esfolada
De andar em pedra afiada.
Béééé!

—Ah, que filhos sem-vergonha eu fui arranjar! — explodiu o alfaiate. Cada um mais coisa-ruim que o outro! Mas agora já chega! Chega de me fazer de bobo!

O alfaiate voltou para casa correndo, louco de fúria, foi buscar seu metro e começou a dar tanta pancada no último filho, com tanta brutalidade, que o rapaz fugiu correndo.

O velho alfaiate ficou sozinho com a cabra. No dia seguinte, foi ele quem desceu até o estábulo; querendo agradar a cabra, enquanto alisava o pelo dela, dizia:

— Venha, minha linda, minha preciosa, minha coisa querida, hoje quem leva você para o campo sou eu!

O alfaiate saiu puxando a cabra pela corda e levou-a para pastar as sebes e os tufos de erva alta que as cabras adoram acima de tudo.

— Pelo menos hoje, minha mimosa, você vai se refestelar! — disse o alfaiate à cabra, e deixou que ela passasse o dia inteiro pastando. À noitinha, ele perguntou à cabra:

— Está bom assim, querida?

E a cabra respondeu:

Béééé! Béééé!
Encerrei o expediente:
Comi feito demente!

— Então vamos, que está na hora de ir para casa! — disse o velho alfaiate, que em seguida puxou a cabra até o estábulo e amarrou-a muito bem amarrada. Ele já estava de saída quando teve a ideia de voltar atrás e perguntar ao animal:

— E então? Pelo menos hoje, você comeu bastante?

Mas a cabra não se comoveu nem um pouco e falou com voz tremida:

Comi bastante, nada!
Nem uma folhinha,

Coitada da cabrinha.
Estou toda esfolada
De andar em pedra afiada.
Béééé!

Ouvindo aquelas palavras, o velho alfaiate deu um pulo e percebeu a injustiça que tinha feito com os filhos, expulsando-os de casa sem razão nenhuma.

— Espere um pouco, criatura ingrata! — exclamou ele. Expulsar você daqui não é suficiente. Vou marcar você de uma tal maneira que nunca mais você vai se engraçar com alfaiates honestos!

Dizendo isso, o velho voltou para casa correndo, pegou seu aparelho de barbear e voltou para o estábulo. Lá, ensaboou a cabeça da cabra e depois raspou-a tão bem raspada que ela ficou sem um fio de pelo na cabeça. E achando que seria muita honra para a cabra apanhar com seu metro, foi buscar o chicote para lhe dar uma sova tamanha que a única saída do animal foi fugir a toda velocidade dando saltos incríveis.

Sozinho em casa, o velho alfaiate caiu numa tristeza imensa; é claro que ele teria gostado de ver os filhos voltarem, mas ninguém sabia onde os rapazes tinham se enfiado nem o que tinham feito da vida.

O mais velho estava trabalhando na oficina de um mestre marceneiro, cujo ofício pretendia aprender. Era um aluno atento e cuidadoso. Quando chegou o momento de viajar pelo país para se aperfeiçoar, seu mestre deu a ele de presente uma mesinha que não parecia grande coisa e que havia sido feita com uma madeira completamente comum, só que tinha uma qualidade muito especial: sempre que alguém a pusesse diante de si no chão e dissesse: "Mesinha, ponha-se!", na mesma hora aparecia uma toalha branquinha sobre a mesa e sobre a toalha apareciam guardanapo, prato, colher e faca, ao lado de travessas fumegantes muito bem servidas, tantas quantas coubessem em cima da mesa, e ainda um copo bem grande onde cintilava um vinho cor de rubi de amolecer o coração. Com uma mesa daquelas, o rapaz pensou: "Minha vida está resolvida até o fim dos meus dias!", e saiu pelo mundo afora na direção que lhe dava na telha, sem ter que se preocupar com o lugar onde se hospedava: bom, ruim, com comida, sem comida — nada disso fazia diferença. Em qualquer lugar, sempre que tivesse vontade, o rapaz punha a mesa no chão — no campo, na floresta, na grama, fosse onde fosse — e dizia calmamente: "Mesinha, ponha-se!", e na mesma hora aparecia diante dele tudo o que ele pudesse estar com vontade de comer. Depois de viajar desse jeito durante muito tempo, ele resolveu voltar para a casa do pai. Achava que depois de todo aquele tempo a fúria do velho já teria acabado e que seria ótimo mostrar a ele aquela mesinha-ponha-se tão simpática. Decerto o pai ao ver a mesa ia receber bem o filho, imaginava. Só que enquanto ele ia voltando, aconteceu de ele entrar numa estalagem lotada de viajantes. Eles receberam o último a chegar com muita amabilidade, e o convidaram a sentar-se à mesa com eles para comer. Se não aceitasse, disseram, ia ser muito difícil ele conseguir que lhe servissem o jantar.

— Obrigado! — respondeu o rapaz. — Não vou tirar o pão da boca de vocês. Acho melhor vocês serem meus convidados. Venham sentar-se à mesa comigo!

Os outros caíram na risada, achando que era brincadeira dele, mas o rapaz pôs sua mesinha no meio da sala e disse:

— Mesinha, ponha-se!

No mesmo instante a mesa cobriu-se das comidas mais apetitosas. O vapor que subia dos pratos foi fazer cócegas no nariz dos convidados: eram comidas tão boas que nem o dono da estalagem teria conseguido fazer iguais.

— Sentem-se todos, meus caros amigos! — disse o jovem marceneiro, numa cordialidade tão sincera que ninguém esperou que ele repetisse o convite.

Todos se acomodaram ao redor da mesa, puxaram suas facas e puseram mãos à obra com grande entusiasmo. O que acharam mais incrível foi que toda vez que um prato ficava vazio, logo aparecia outro no lugar, fumegante e cheiroso. Curioso, o dono da estalagem espiava de um canto. Ele não estava entendendo nada, mas de uma coisa tinha certeza: sua estalagem estava precisando de um cozinheiro exatamente igual àquele.

O jovem marceneiro e seus convidados ficaram se deliciando e dando risada até bem tarde da noite, mas chegou uma hora em que eles tiveram que ir dormir. O marceneiro seguiu seu exemplo e também foi para a cama, tendo antes o cuidado de encostar sua mesinha maravilhosa na parede. Enquanto isso, sem conseguir dormir, a cabeça do dono da estalagem dava voltas e mais voltas nos mais variados pensamentos até que de repente ele se lembrou de que tinha no depósito uma mesa velha muito parecida com a do rapaz. Com toda a discrição do mundo, na ponta dos pés, foi buscar a mesa no depósito e depois a encostou na parede no lugar da outra, substituindo a mesinha mágica. No dia seguinte pela manhã, depois de pagar a conta, o marceneiro seguiu viagem levando a mesa trocada e sem desconfiar de nada.

Ao meio-dia daquele mesmo dia ele chegava à casa do pai, que o recebeu com imensa alegria.

— E então, meu filho, que ofício você aprendeu?

— Agora sou marceneiro, meu pai.

— Belo ofício — disse o pai. — E o que você trouxe de bom, da viagem que acaba de fazer?

— O que eu tenho de melhor, meu pai, é esta mesinha — disse o filho.

O pai, curioso, examinou a mesa por todos os lados.

— Ora, filho, para falar a verdade você não construiu nenhuma obra-prima, não é mesmo? Uma mesinha velha, das mais comuns deste mundo...

— É, meu pai, só que esta mesinha é uma mesinha-ponha-se — disse o filho. — É só eu pôr a mesa na minha frente e dizer "Mesinha, ponha-se" que na mesma hora ela fica coberta por uma toalha, guardanapo, talheres, pratos e as maiores delícias deste mundo, acompanhadas de um bom copo de vinho para alegrar o coração. Vamos chamar nossos parentes e amigos para que eles venham se regalar e se divertir conosco, pois a mesinha não deixa ninguém passar fome.

Depois que todos os convidados chegaram, o filho do alfaiate instalou sua mesinha no meio da sala e falou: "Mesinha, ponha-se!". Porém, não aconteceu nada com a mesa, que continuou tão vazia quanto qualquer outra mesa que não entende o que as pessoas lhe dizem. Foi só então que o pobre marceneiro percebeu que haviam trocado sua mesa por outra, e ficou imensamente envergonhado, porque todos pensaram que ele era um rematado mentiroso. Os convidados riram dele e tiveram que voltar para casa de barriga vazia. O pai buscou suas tesouras de alfaiate e foi fazer suas costuras, enquanto o filho ia procurar trabalho no ateliê de outro mestre marceneiro.

O filho do meio, ao deixar a casa do pai, fora trabalhar como aprendiz de moleiro. Passado um ano, seu mestre lhe dissera:

— Como você fez tudo o que tinha que fazer, vou lhe dar de presente um asno de um tipo muito especial, um asno que não puxa carroça nem carrega saco.

— De que serve esse asno, então? — perguntou o moço.

— Fabrica ouro — disse o moleiro. — Se você põe esse asno em cima de um pano e diz a ele "Fatalatum!", o excelente animal começa a pôr moedas de ouro pela frente e por trás.

— Puxa, que maravilha esse asno! — disse o rapaz, que agradeceu ao moleiro e saiu pelo mundo. Toda vez que ele precisava de ouro era só dizer "Fatalatum!" ao asno que começavam a chover moedas de ouro: o rapaz só tinha o trabalho de recolher as moedas do chão. Em todos os lugares por onde passava, ele só se servia do bom e do melhor e de tudo quanto havia de mais caro, pois não havia bolsa mais recheada que a dele.

Depois de visitar um montão de lugares, ele pensou: "Você devia ir visitar seu pai; quando ele souber que você tem esse asno de ouro, vai esquecer que estava furioso e recebe você de braços abertos". E não é que no caminho de casa o filho do meio se hospedou na mesma estalagem onde haviam trocado a mesa de seu irmão mais velho? Ele chegou puxando seu asno pela corda e quando o dono da estalagem quis pegar a corda para ir amarrar o asno na estrebaria, o rapaz não permitiu, dizendo:

— Não se incomode, eu mesmo levo o asno para a estrebaria, eu mesmo amarro meu asno, assim fico sabendo onde está meu bichinho.

O dono da estalagem achou aquilo esquisito e ficou pensando que uma pessoa que tomava conta de seu asno pessoalmente não devia ser uma pessoa que gastava muito dinheiro. Mas quando o recém-chegado enfiou a mão no bolso para pegar duas moedas de ouro e disse que queria tudo do bom e do melhor, ele arregalou os olhos e foi correndo buscar tudo o que conseguiu encontrar de bom para servir a seu hóspede. Acabado o jantar, quando o hóspede perguntou quanto devia, o dono da estalagem não economizou giz para fazer a conta na lousa e cobrou logo duas moedas de ouro. O rapaz enfiou a mão no bolso, mas seu ouro tinha acabado.

— Espere um instante, caro senhor — disse ele —, vou ali buscar um pouco de ouro.

E saiu, só que levou junto a toalha da mesa. O dono da estalagem não conseguia entender por que razão ele tinha feito aquilo, e por pura curiosidade foi atrás do viajante, cuidando para não fazer barulho. Como o rapaz tinha fechado a porta da estrebaria atrás de si, o homem correu depressa para espiar por uma fresta entre duas tábuas para ver o que ele estava fazendo. Desse modo, pôde observar seu hóspede estendendo a toalha por baixo das patas do asno; ouviu-o falar "Fatalatum!", e viu que na mesma hora o asno começou a pôr moedas de ouro pela frente e por trás. Era uma verdadeira chuva de ouro que ia caindo no chão!

— Puxa vida! — exclamou o dono da estalagem —, assim é fácil ganhar dinheiro! Esse asno é uma bolsa para homem nenhum botar defeito!

O viajante voltou, pagou a conta e foi se deitar. Nesse momento o dono da estalagem foi até a estrebaria na ponta dos pés, desamarrou a corda da fábrica de ouro e amarrou outro asno em seu lugar. Na manhã seguinte, cedinho, o viajante partiu da estalagem e seguiu pela estrada com o asno que imaginava ser seu asno de ouro. Ao meio-dia ele chegava à casa do pai, que ficou muito feliz ao vê-lo e o recebeu com afeto.

— O que você tem feito da sua vida, meu filho? — perguntou ele.

— Sou moleiro, meu pai.

— E o que você trouxe da viagem?

— Um asno e nada mais — disse o filho.

— Asnos, asnos... Isso a gente já tem que chegue por aqui. Eu teria preferido uma boa cabra!

— É, mas meu asno não é do tipo comum — disse o filho. — O meu é um asno de ouro. Quando eu digo "Fatalatum!", meu valente bichinho fabrica ouro e enche uma toalha inteira de moedas. Vá chamar nossos parentes e amigos que todos eles vão sair ricos daqui.

— Eu gostaria imensamente — disse o velho alfaiate — de não precisar mais ganhar a vida com a agulha.

E, dizendo isso, foi correndo convidar todas as pessoas próximas para irem à casa deles.

Depois que todos chegaram, o moleiro pediu que abrissem espaço para ele estender a toalha no chão, depois entrou na sala puxando o asno.

— E agora, atenção! — pediu, e em seguida exclamou: — Fatalatum!

Só que não apareceu moeda de ouro nenhuma e ficou mais que evidente que o asno não entendia nada daquele ofício, pois a única coisa que ele fez foi o que todos os asnos do mundo fazem.

O pobre do moleiro, morrendo de vergonha por ter sido logrado, pediu desculpas aos parentes, que não tiveram outro jeito senão ir embora tão pobres quanto haviam chegado; e o velho pai não teve outra saída senão pegar de novo a agulha e costurar, enquanto o filho ia trabalhar como empregado de um mestre moleiro.

O terceiro filho entrara como aprendiz na oficina de um torneiro. Visto que a tornearia é um ofício muito difícil, ele demorou mais tempo que os outros para aprender. Seus irmãos lhe escreveram contando suas desgraças e a forma como o dono da estalagem se apropriara do que era deles — da mesinha maravilhosa e do asno miraculoso na última noite que haviam passado na estalagem.

Quando o período de aprendizado do torneiro chegou ao fim e ele começou os preparativos para fazer sua viagem de treinamento, o mestre, querendo recompensá-lo por ter feito com tanto capricho tudo o que era preciso fazer, entregou-lhe um saco e explicou:

— Aí dentro tem um porrete.

— O saco eu posso pôr nas costas e com certeza ele há de ser muito útil — disse o rapaz —, mas o que vou fazer com um porrete? Ele só vai servir para eu carregar peso!

— Já lhe digo — respondeu o mestre. — Se alguém quiser prejudicar você, basta dizer: "Porrete, pule do saco!", que o porrete pula de dentro do saco e começa a dançar uma dança tão entusiasmada nas costas do interessado que o sujeito vai passar oito dias sem conseguir mexer nem os braços nem as pernas. E a surra só vai parar quando você disser: "Porrete, para o saco!".

O oficial agradeceu ao mestre e partiu de saco nas costas, e desse dia em diante, sempre que alguém o ameaçava ou queria prejudicá-lo, ele dizia: "Porrete, pule do saco!", e o bastão na mesma hora começava a bater o pó da túnica ou da camisa das pessoas com grande energia. A coisa se passava com tamanha rapidez que todos os que se metiam com o torneiro começavam a apanhar antes de ter entendido o que ia acontecer.

Aconteceu que certa noite o jovem torneiro acabou chegando à estalagem onde os irmãos haviam sido enganados e despojados de seus tesouros. Depois de largar o saco na mesa diante de si, ele começou a falar de todos os prodígios que tivera ocasião de ver durante suas viagens pelo país.

— Pois é — dizia ele —, quantas maravilhas encontrei! Que exista uma tal "mesinha-ponha-se", um "asno de ouro" e outras coisas do tipo, é coisa que todo mundo sabe! Não vou dizer que elas não sejam fantásticas, não quero diminuí-las em nada, mas essas coisas não são nada se comparadas ao que tenho aqui, dentro deste saco!

Ouvindo essas palavras, o dono da estalagem ficou de orelha em pé, curioso para saber o que podia haver dentro do saco. "No mínimo um montão de pedras preciosas", pensou. "Uma coisa é certa: preciso dar um jeito de passar a mão nelas, como fiz com a mesa e o asno."

Chegado o momento de ir deitar, o viajante se estendeu num banco e apoiou a cabeça no saco como se fosse um travesseiro. Assim que se convenceu de que o rapaz estava profundamente adormecido, o dono da estalagem se aproximou sem fazer barulho e começou a puxar o saco devagarinho, bem devagarinho, com a intenção de roubá-lo e substituí-lo por outro. Era o que o jovem torneiro esperava havia um bom tempo, fazendo de conta que estava dormindo, e no momento em que o dono da estalagem ia dar a última puxadinha para em seguida pegar o saco, ele gritou: "Porrete, pule do saco!". Na mesma hora o porrete já estava em ação, alisando com muita energia as costuras da túnica do dono da estalagem de encontro às costas e os ossos dele. O dono da estalagem gritava, pedia piedade, mas quanto mais ele gritava mais o porrete acelerava sua dança, batendo tambor nas costas do pobre infeliz, que acabou por cair no chão, todo moído.

— Se você não devolver a mesinha-ponha-se e o asno de ouro — disse o oficial torneiro —, a dança começa de novo e a sova continua.

— Não, não, piedade! — gemeu o dolorido —, eu devolvo tudo, faça esse diabo endiabrado voltar para dentro do saco.

— Está bem — disse o oficial —, antes misericórdia que justiça, mas muito cuidado com o que faz, não vá aprontar outra vez.

E no mesmo instante ordenou: "Porrete, para o saco!", e deixou o outro em paz.

Na manhã seguinte, o torneiro chegou à casa de seu pai levando a mesa e o asno. O velho alfaiate ficou feliz ao vê-lo e perguntou o que ele tinha aprendido enquanto estivera longe de casa.

— Virei torneiro, querido pai.

— Belo ofício — admitiu o alfaiate. — E o que você traz de sua viagem de treinamento?

— Uma coisa incrível, querido pai — respondeu ele. — Um porrete no saco.

— O quê? — exclamou o pai. — Um porrete? Ora essa! Um bastão para quê? Então você não pode cortar um galho de árvore se precisar de um bastão?

— Posso, mas jamais vou achar um como este aqui, querido pai. Basta eu dizer a ele "Porrete, pule do saco!" que ele pula fora e começa a moer de pancadas as costas de todo aquele que quiser me prejudicar. O sujeito só vai ter sossego depois que ficar caído no chão, implorando piedade. Imagine, foi com esse bastão que consegui recuperar a mesinha-ponha-se e o asno de ouro que aquele ladrão do dono da estalagem havia roubado de meus irmãos. Agora é só mandar chamar os dois e convidar toda a parentada para beber, comer e encher os bolsos de ouro em nossa companhia.

O velho alfaiate não estava muito convencido, mas mesmo assim mandou chamar os filhos e foi convidar os parentes e amigos para irem à casa deles. Depois que todos chegaram, o oficial torneiro estendeu a toalha no chão e fez o asno ficar em cima, dizendo em seguida a seu irmão moleiro:

— Agora é com você, querido irmão. Fale com ele.

— Fatalatum! — disse o moleiro, e no mesmo instante caiu uma verdadeira chuva de moedas de ouro sobre a toalha, uma chuva que não parava nunca, pois enquanto todos os bolsos não se encheram, o asno não parou. (Pela carinha que você está fazendo, tenho a impressão de que você gostaria muito de ter estado naquela casa!)

Depois o torneiro pôs a mesa no meio da sala e disse:

— Agora é sua vez, irmão. Fale com ela.

E o marceneiro não tinha nem acabado de dizer "Mesinha, ponha-se", e a mesa já estava posta, com toalha, talheres, vinho, e os quitutes mais saborosos, quentes e fumegantes deste mundo.

Naquela noite houve um festim na casa como nunca alfaiate algum tinha lembrança de ter ouvido falar, e o grupo todo passou boa parte da noite se regalando. O velho alfaiate guardou de uma vez por todas sua agulha e seu dedal, seu metro e o ferro de passar roupa no fundo de um armário, e daquele dia em diante viveu alegre e feliz ao lado dos filhos.

Quanto à cabra, que na realidade era culpada pelo fato de o pai ter expulsado os filhos de casa, não sei se você quer saber o que aconteceu com ela. Se quiser, espere um pouco que já vou contar.

Com vergonha de sua cabeça raspada, sem franja e sem cavanhaque, a cabra foi se esconder numa toca de raposa que encontrou enquanto ia fugindo. Ao chegar em casa, a raposa viu dois olhos cintilantes a brilhar no fundo de sua toca e ficou com tanto medo que fugiu correndo. Estava fugindo apavorada quando encontrou um urso. Vendo o estado da raposa, o urso perguntou a ela:

— O que você tem, minha irmã, para estar nesse desespero todo?

— Você nem imagina! — respondeu ela. — Um bicho horrendo se instalou na minha toca. Quando ele olhou para mim, saíram chamas de seus olhos!

— Ora! — disse o urso. — Vamos lá que eu expulso esse bicho de sua toca sem o menor problema.

Mas assim que olhou para dentro da toca da raposa e viu o brilho de brasa dos olhos da cabra, o urso ficou com muito medo e preferiu não ter o menor contato com aquele animal aterrorizante, retirando-se o mais depressa que pôde. Enquanto ele saía dali correndo, encontrou a abelha, que ao vê-lo naquela tremedeira toda perguntou o que estava acontecendo.

— Diga lá, urso, você está meio abalado! O que aconteceu com seu bom humor de sempre?

— Muito simples! — respondeu o urso. — Um monstro terrível se enfiou na toca da raposa, um monstro com uns olhos que lançam fogo. Não conseguimos fazer com que ele saísse de lá.

— Você me dá pena, seu ursão bobão! — disse a abelha. — É verdade que não passo de um pequeno inseto de nada, uma criaturinha tão fraca que nem mesmo um olhar mereço, mas, mesmo assim, acho que tenho condições de ajudar vocês.

Voando até dentro da toca, a abelha foi pousar na cabeça pelada da cabra e deu uma picada bem forte, tão forte que a cabra deu um pulo, berrando: "Béééé! Béééé", e saiu aos pinotes, parecendo uma maluca. E, daquele momento em diante, ninguém mais sabe o que foi feito da vida da cabra.

HANS CHRISTIAN ANDERSEN

O ROUXINOL

Imagino que vocês saibam que na China houve uma vez um imperador chinês que tinha o palácio mais espetacular do mundo. Já faz muito tempo, mas é exatamente por isso que vale a pena ouvir a história, antes que ela caia no esquecimento. O palácio era todo construído numa delicada porcelana, uma porcelana tão cara e frágil, tão sensível ao toque que era preciso um cuidado imenso. No jardim cresciam flores maravilhosas; nas mais lindas tinham sido penduradas sinetas de prata que tocavam sempre que alguém passasse por perto, assim ninguém esquecia de prestar atenção em sua beleza. Tudo no jardim do imperador era pensado com muita inteligência. O jardim era tão grande que nem o jardineiro sabia onde acabava. Quem andasse por ele ia dar numa encantadora floresta de árvores altas e lagos profundos; a floresta descia até o mar, que era azul e profundo. Os grandes navios podiam navegar logo abaixo dos ramos — e nesses ramos vivia um rouxinol. O rouxinol cantava tão divinamente que mesmo um pobre pescador que toda noite saía para recolher suas redes e tinha muitas outras coisas que cuidar, quando ouvia o canto do rouxinol ficava quieto escutando.

— Que lindo! — dizia, depois ia correndo cumprir suas obrigações, esquecendo-se do passarinho; na noite seguinte, porém, assim que ouvia o rouxinol ele interrompia o que estava fazendo e repetia as mesmas palavras: — Que lindo!

De todos os países do mundo vinha gente visitar a cidade do imperador e todos achavam que a cidade era linda, que o palácio era lindo, que o jardim era lindo, mas quando por acaso ouviam o rouxinol, todos diziam:

— Isso é o que há de mais lindo!

Quando regressavam a suas casas, os viajantes falavam do rouxinol; assim, pessoas instruídas escreveram muitos livros sobre a cidade, o palácio e o jardim, sempre mencionando o rouxinol. E as pessoas que sabiam escrever poesia escreviam poemas magníficos, todos sobre o rouxinol da floresta perto do lago profundo.

Esses livros circulavam pelo mundo todo e, naturalmente, alguns acabaram chegando às mãos do imperador. Sentado em seu trono dourado ele lia e lia, balançando a cabeça de vez em quando, pois ficava encantado com as descrições esplendorosas de sua cidade, seu palácio e seu jardim. "São tantas coisas lindas, mas o mais lindo mesmo é o rouxinol!", diziam os livros.

— Que história é essa? — O imperador deu um pulo. — O rouxinol? Não sei de nenhum rouxinol. Existe esse pássaro no meu reino? No meu jardim, inclusive? Nunca ouvi esse rouxinol! Pelo jeito tenho que tomar conhecimento de sua existência através dos livros!

E dizendo isso mandou chamar seu ajudante de ordens, que era tão orgulhoso que quando alguém de nível inferior tomava a liberdade de falar com ele, ele só respondia "pi" — o que não quer dizer absolutamente nada.

— Dizem que existe uma ave totalmente impressionante aqui, de nome rouxinol — disse o imperador. — Dizem que essa ave é o que há de mais admirável em todo o meu vasto império. Por que razão ninguém jamais me falou nela?

— Nunca ouvi ninguém mencionar essa ave até hoje — disse o ajudante de ordens. — Ela não foi apresentada à Corte.

— É meu desejo que ela compareça esta noite em meu palácio e cante para mim — disse o imperador. — O mundo inteiro sabe as coisas que eu tenho, menos eu.

— Nunca ouvi ninguém mencionar essa ave até hoje — repetiu o ajudante de ordens. — Mas vou dar um jeito de encontrar o tal rouxinol.

Só tinha um problema: onde? O ajudante de ordens corria pelas escadarias, subindo e descendo afobado, corria pelos salões e corredores, mas não achou ninguém que lhe desse alguma notícia do rouxinol. Ninguém tinha ouvido falar no passarinho. Depois de muito correr, o ajudante de ordens foi obrigado a ir dizer ao imperador que a história do rouxinol devia ser invenção das pessoas que escreviam livros.

— Vossa Majestade Imperial não devia acreditar em tudo o que escrevem!

— Mas quem me mandou o livro onde eu li sobre o rouxinol — disse o imperador — foi o alto e poderoso imperador do Japão, portanto não pode ser mentira. Faço questão de ouvir o rouxinol. Ele que venha esta noite ao palácio que será recebido com todas as honras. E se não vier, todos os membros da Corte vão levar palmadas na barriga depois do jantar.

— Tsing-pe! — disse o ajudante de ordens, e lá se foi ele de novo naquele sobe e desce escada, percorrendo salões e corredores, sempre com metade da Corte correndo atrás, que ninguém estava com vontade de levar palmada na barriga. Todos queriam saber do fantástico rouxinol que o mundo inteiro conhecia, menos os membros da Corte.

Afinal os nobres acabaram encontrando, nas cozinhas do palácio, uma pobre menina que logo falou:

— Ah! Claro! O rouxinol! Conheço bem esse rouxinol. Nossa, como ele canta! Todas as noites me deixam recolher restos da mesa do jantar e levar para minha pobre mãezinha, que está doente e vive perto da praia. E na volta, quando paro para descansar na floresta, ouço o rouxinol cantar. Meus olhos ficam cheios de lágrimas. É como se minha mãe estivesse me beijando.

— Pequena ajudante de cozinha! — disse o ajudante de ordens. — Se você nos levar até o rouxinol, que foi intimado a comparecer à Corte esta noite, prometo que lhe consigo um trabalho melhor na cozinha e até uma licença especial para ver o imperador comer.

E assim o ajudante de ordens, a ajudante de cozinha e metade da Corte enveredaram floresta adentro para o lugar onde o rouxinol costumava cantar. De repente uma vaca começou a mugir.

— Ah! — disseram os cortesãos. — O rouxinol! Quanta energia num bichinho tão pequeno! Temos certeza de que já ouvimos esse rouxinol cantar.

— Não, isso é a vaca mugindo — disse a pequena ajudante de cozinha. — Ainda estamos muito longe.

Naquele momento os sapos começaram a coaxar no açude.

— Que encantamento! — disse o real capelão da China. — Agora estou ouvindo o rouxinol. O som lembra muito o das campainhas da igreja.

— Não, isso são os sapos — disse a pequena ajudante de cozinha. — Mas acho que não demora vamos começar a ouvir o rouxinol.

Naquele instante o rouxinol começou a cantar.

— É ele! — disse a menina. — Ouçam, ouçam! Lá está ele! — E mostrou um minúsculo passarinho cinzento sobre um ramo.

— Será possível? — disse o ajudante de ordens. — Eu nunca teria imaginado que ele tivesse esse aspecto. Parece tão comum! Deve ter perdido suas cores ao ver tanta gente importante em volta dele!

— Pequeno rouxinol! — exclamou a ajudante de cozinha. — Nosso gracioso imperador gostaria muito que você cantasse para ele.

— Com muito gosto! — disse o rouxinol, e começou a cantar tão suavemente que era um prazer ouvi-lo.

— É como o som de sinetas de vidro — disse o ajudante de ordens. — E vejam sua pequena garganta, vejam como ela se mexe quando ele canta. É incrível! Como é possível que ninguém na corte conhecesse esse rouxinol? Imaginem o sucesso que ele vai fazer no palácio!

Devo cantar outra vez para o imperador? — perguntou o rouxinol, imaginando que o imperador estivesse no meio dos outros.

— Meu excelente pequeno rouxinol — disse o ajudante de ordens. — Tenho o imenso prazer de convidá-lo para um banquete na corte esta noite, ocasião em que você vai deixar Sua Alta Majestade Imperial maravilhada com sua música deslumbrante.

— O som do meu canto é melhor aqui na floresta verdejante — disse o rouxinol; mas, sabendo que esse era o desejo do imperador, acompanhou os cortesãos sem discutir.

No palácio tudo estava muito lustroso. Paredes e assoalhos de porcelana brilhavam à luz de muitos milhares de lâmpadas douradas. As flores mais lindas, tilintando como sininhos, tinham sido arrumadas ao longo dos corredores. Era tanta correria de gente de um lado para outro que todos os sininhos desandaram a tocar ao mesmo tempo. As pessoas falavam, falavam, mas não conseguiam ouvir o que as outras diziam.

No meio do grande salão, perto de onde estava sentado o imperador, haviam instalado um poleiro dourado para o rouxinol pousar. A corte toda estava lá e a pequena ajudante de cozinha tinha recebido permissão para ficar atrás da porta, pois agora seu título era "Cozinheira-Propriamente-Dita". Todos estavam com suas roupas mais elegantes e todos olhavam fixamente para o pequeno pássaro cinzento quando o imperador fez um gesto com a cabeça e ele começou a cantar.

O canto do rouxinol era tão lindo que os olhos do imperador se encheram de lágrimas, e as lágrimas lhe escorreram pelo rosto. Depois o rouxinol cantou melhor ainda e seu canto foi direto ao coração do imperador. O imperador ficou tão feliz que quis dar seu chinelinho de ouro ao rouxinol para que ele o usasse pendurado no pescoço, mas o rouxinol agradeceu e disse que não precisava, que já tinha sido recompensado.

— Vi lágrimas nos olhos do imperador e para mim não pode haver maior tesouro; as lágrimas de um imperador têm um valor imenso. Já estou recompensado que chegue. Depois cantou outra vez com sua voz divina.

— Nunca vi um espetáculo como esse! — diziam as senhoras da Corte, enchendo a boca de água para tentar soltar trinados como o rouxinol. E na verdade até os criados e as camareiras estavam felizes, o que não é pouca coisa, pois eram eles, de longe, as pessoas mais difíceis de impressionar.

Ficou decidido que ele ia ficar morando no palácio e lhe deram uma gaiola e permissão para fazer um passeio duas vezes por dia e uma vez por noite. Ia acompanhado por doze criados, cada um deles segurando com força uma fita de seda atada a sua perna. Não eram passeios muito divertidos.

A cidade inteira falava da ave maravilhosa; sempre que duas pessoas se encontravam uma dizia simplesmente: "Rouxi", e a outra respondia: "nol", depois suspiravam e se entendiam. Onze crianças foram batizadas com esse nome, mas não adiantou muito: nenhuma sabia cantar uma nota que fosse.

Um dia chegou um grande pacote para o imperador com a palavra *Rouxinol* escrita do lado de fora.

— Ah! Alguém está mandando outro livro sobre nosso famoso passarinho — disse o imperador.

Mas não era um livro; na caixa havia uma cópia elaborada, um rouxinol artificial construído para ter um aspecto idêntico ao do rouxinol verdadeiro, só que todo cravejado de diamantes, rubis e safiras. Era só dar corda no passarinho artificial que ele cantava uma das melodias cantadas pelo passarinho verdadeiro e ao mesmo tempo sua cauda subia e descia, toda cintilante de ouro e prata. Em torno de seu pescoço havia uma fitinha na qual estavam escritas as palavras: *"O rouxinol do imperador do Japão é pobre em comparação com o rouxinol do imperador da China"*.

— Que gracinha! — diziam todos, e a pessoa que havia trazido o pássaro artificial foi imediatamente condecorada com o título de "Entregador-Mor-do-Rouxinol-Imperial".

Depois o imperador disse:

— Agora eles têm que cantar juntos. Vai ser um dueto e tanto!

Como queria o imperador, os dois rouxinóis foram postos lado a lado para cantar juntos, só que não deu muito certo porque o rouxinol de verdade cantava do jeito dele e o artificial funcionava graças a um sistema de cilindros.

— Não há o que reclamar — disse o mestre de música da Corte. — O passarinho mecânico tem um ritmo excelente e canta com perfeição.

Todos acharam que era melhor o pássaro artificial cantar sozinho. Ele era um espetáculo tão maravilhoso quanto o rouxinol de verdade, só que muito mais bonito, cintilando como um bracelete ou um broche.

O rouxinol artificial cantou trinta e três vezes a mesma melodia e nem assim se cansou. As pessoas estavam querendo ouvir tudo de novo, mas o imperador achou que talvez fosse o caso de também dar oportunidade ao rouxinol de verdade. Mas... onde ele tinha se enfiado? Sem ninguém perceber, tinha voado pela janela aberta e voltado para suas florestas verdejantes.

— O que significa isso? — perguntou o imperador.

Todos os cortesãos resmungaram e disseram que na opinião deles o rouxinol era uma criatura extremamente ingrata.

— Mas ficamos com o melhor dos dois — disseram, e deram corda no pássaro artificial.

Estavam ouvindo a mesma melodia pela trigésima quarta vez, mas ainda não sabiam a música de memória porque ela era complicada. O mestre de música era só elogios para o passarinho, repetindo sem parar que ele era melhor que o rouxinol de verdade não só por causa de suas joias magníficas mas também pelo que tinha por dentro.

— Vejam só, meus senhores e minhas senhoras, e acima de tudo meu imperador: com o rouxinol de verdade nunca dá para saber qual vai ser a próxima canção, mas com o artificial tudo fica resolvido antes. Ele toca sempre do mesmo jeito. Dá para explicar como ele funciona, dá para abrir seu corpo e examinar a invenção humana, dá para ver como foram arrumados os cilindros, como eles trabalham e como uma coisa se encadeia na outra!

— Era exatamente o que eu estava pensando — diziam todos, e o mestre de música recebeu permissão para exibir o pássaro ao povo no domingo seguinte; o povo também tinha que ouvir o rouxinol cantar, disse o imperador. E o povo ouviu e adorou, e todo mundo disse "oh" e balançou a cabeça admirado. Mas o pescador que tinha ouvido o rouxinol de verdade disse:

— O som é bom e a semelhança é grande, mas tem uma coisa faltando. Só que não sei o que é.

O rouxinol de verdade foi expulso do império; o artificial foi instalado numa almofadinha de seda ao lado da cama do imperador. Recebia muitos presentes, inclusive ouro e pedras preciosas, e todos eram espalhados em volta dele. Recebeu o título de "Cantor-Mor-Imperial-de-Cabeceira" e era a figura mais importante da ala da esquerda, pois o imperador achava que o lado do coração é o lado mais importante, e o coração fica do lado esquerdo, mesmo num imperador. E o mestre de música escreveu uma obra de trinta e cinco volumes sobre o pássaro artificial; eram livros cultos, empolados, cheios de palavras complicadíssimas, mas todo mundo dizia que tinha lido os livros e entendido tudo, pois ninguém queria dar a impressão de ser burro.

Um ano se passou. O imperador, a Corte e todas as outras pessoas tinham aprendido de memória as mínimas notinhas do canto artificial do pássaro, e por isso mesmo, porque todo mundo conseguia cantar junto com o pássaro, as pessoas achavam que aquele canto era o máximo dos máximos. Do moleque de rua ao imperador, todos cantavam: *"Zi-zi-zi! cluc-cluc-cluc-cluc!"*. A coisa mais linda.

Mas certa noite, quando o pássaro artificial estava bem no meio de sua canção e o imperador deitado na cama ouvia ele cantar, alguma coisa fez "tec" dentro do pássaro; alguma coisa quebrou, todos os cilindros começaram a girar fazendo "trrrrrr" e no fim a música parou.

O imperador pulou da cama e mandou buscar seu médico particular, mas o que o pobre homem podia fazer? O imperador mandou buscar o relojoeiro; depois de muita falação e muita mexeção ele conseguiu consertar o pássaro, mas disse que era preciso ter todo o cuidado ao lidar com ele pois os eixos estavam muito gastos e se as peças fossem trocadas ele não ia tocar direito. Todo mundo ficou para morrer de tristeza. Faziam o pássaro cantar só uma vez por ano e nem assim ele aguentou. Mas o mestre de música fez um discurso cheio de palavras difíceis e disse que tudo estava perfeito, e aí todo mundo acreditou que tudo estava tão perfeito quanto antes.

Cinco anos depois, o país inteiro se encheu de tristeza. O imperador estava doente. Diziam que ele não ia conseguir se salvar e todos o amavam muito. Por via das dúvidas, um novo imperador já tinha sido escolhido. As pessoas ficavam paradas na frente do palácio esperando notícias. Quando o ajudante de ordens aparecia, todos queriam saber como estava passando o imperador.

— Pi! — respondia ele, balançando a cabeça tristemente.

Pálido e frio, o imperador passava o dia deitado na enorme e magnífica cama imperial. A Corte inteira achou que ele tinha morrido e foi correndo saudar o novo imperador. A criadagem corria feito barata tonta comentando o assunto aos quatro ventos. Todos os salões e corredores estavam forrados com tapetes para que não se ouvisse o barulho dos passos e por isso tudo era silêncio. Mas o imperador ainda não tinha morrido. Pálido, sem se mexer, ele continuava em sua cama imperial com as longas cortinas de veludo e as pesadas borlas douradas. Uma das janelas estava aberta e a lua brilhava, iluminando o imperador e o pássaro artificial. O coitado do imperador mal conseguia respirar; estava com a sensação de ter um peso no peito. Abrindo os olhos, percebeu que era a Morte, sentada sobre seu peito com a coroa de ouro do imperador na cabeça, a espada de ouro do imperador numa das mãos e o magnífico estandarte do imperador na outra. Entre as pregas do cortinado de veludo da cama apareciam muitos rostos desconhecidos, todos olhando para ele; alguns pareciam estar vendo uma coisa tremendamente feia, outros eram lindos e serenos; aqueles rostos representavam tudo o que o imperador já tinha feito, suas boas ações e suas más ações, todas olhando para ele, agora que a Morte estava perto.

— Você se lembra disso? Lembra daquilo? — murmuravam os rostos, um após outro. E fizeram com que ele se lembrasse de suas ações passadas, até que sua testa ficou coberta de gotas de suor.

— Não me lembro — dizia o imperador. — Música, música! Tragam o grande tambor chinês! — gritava o coitado. — Não quero mais ouvir o que essa gente está dizendo!

Mas os rostos continuavam falando e a Morte balançava a cabeça satisfeita.

— Música, música! — implorava o imperador. — Você, divino passarinho dourado. Por favor, cante! Eu lhe dei ouro, dei pedras preciosas! Pendurei pessoalmente meu chinelinho de ouro em seu pescoço! Cante, por favor, cante!

Mas o rouxinol não cantava; não havia ninguém ali para dar corda nele e sem corda ele não cantava. A Morte continuava olhando para o imperador com seus grandes olhos vazios e tudo estava tão horrivelmente silencioso...

Naquele momento uma melodia maravilhosa entrou pela janela. Era o pequeno rouxinol de verdade cantando no galho do lado de fora. Ele tinha ficado sabendo da doença do imperador e agora cantava para dar-lhe consolo e esperança. E enquanto o rouxinol cantava os rostos que cercavam a cama do imperador foram empalidecendo, o sangue começou a circular cada vez mais depressa no corpo fraco do imperador e a própria Morte começou a prestar atenção na música, dizendo:

— Continue, pequeno rouxinol, continue!

Ouvindo aquilo, o imperador exclamou:

— Se ele continuar, você devolve minha espada magnífica? Devolve o estandarte esplêndido? Devolve minha coroa?

E a Morte foi devolvendo cada uma dessas preciosas coisas, cada uma em troca de uma canção, e o rouxinol sempre cantando, cantando, descrevendo o cemitério silencioso onde crescem as rosas brancas, onde as tílias derramam seu perfume, onde a relva verde é regada com lágrimas. Ouvindo aquilo a Morte ficou com saudades do jardim de sua casa e foi embora, desmanchou-se no ar e saiu pela janela como um nevoeiro branco e gelado.

— Obrigado, obrigado — disse o imperador. — Obrigado, avezinha celestial. Eu expulsei você de meu reino e você desfez as visões cruéis que cercavam minha cama, você tirou a Morte de meu coração. Que recompensa posso lhe dar?

— Já estou recompensado — disse o rouxinol. — Quando cantei para você pela primeira vez, vi seus olhos se encherem de lágrimas. Isso eu nunca vou esquecer. São essas as joias que alegram o coração de um cantor. Mas agora durma, trate de ficar bom e forte. Eu canto para você.

E cantou. O imperador adormeceu e teve um sono tranquilo, suave e reconfortante. Quando ele acordou, fortalecido e bem-disposto, o sol entrava pela janela e iluminava seu corpo. Os criados, crentes que ele tinha morrido, sabe-se lá por onde andavam, mas o rouxinol continuava cantando.

— Você precisa ficar comigo para sempre — disse o imperador. — Só vai cantar quando tiver vontade e eu vou destruir o passarinho artificial.

— Não faça isso — disse o rouxinol. — Ele fez o que podia. Fique com ele. Não posso viver no palácio, mas permita que eu venha quando quiser! Prometo que todas as tardes venho pousar no galho perto da janela e que canto para você para que seu coração se alegre e para ajudar você a pensar. Vou cantar sobre as pessoas felizes e sobre as pessoas que estão sofrendo, sobre o bem e sobre o mal que há em seu reino e você não consegue ver. Voo por toda parte, vou à casa do pobre pescador, ao telhado do camponês, conheço todas as pessoas que vivem longe de você e de sua Corte. Sinto mais amor por seu coração que por sua coroa, por isso quero vir cantar para você. Mas você tem que me prometer uma coisa.

— O que você quiser — disse o imperador, em pé junto à janela em suas túnicas imperiais, que tinha vestido sozinho, e apertando contra o coração a pesada espada de ouro.

— Uma coisa eu lhe peço. Não diga a ninguém que você tem um passarinho que lhe diz todas as coisas. Vai ser melhor assim.

Depois o rouxinol voou e foi-se embora.

Quando os criados entraram no quarto para ver seu imperador morto, o imperador, de pé junto à janela, disse a eles:

— Bom dia!

MACHADO DE ASSIS

IDEIAS DE CANÁRIO

Um homem dado a estudos de ornitologia, por nome Macedo, referiu a alguns amigos um caso tão extraordinário que ninguém lhe deu crédito. Alguns chegam a supor que Macedo virou o juízo. Eis aqui o resumo da narração.

No princípio do mês passado — disse ele, — indo por uma rua, sucedeu que um tílburi à disparada, quase me atirou ao chão. Escapei saltando para dentro de uma loja de belchior. Nem o estrépito do cavalo e do veículo, nem a minha entrada fez levantar o dono do negócio, que cochilava ao fundo, sentado numa cadeira de abrir. Era um frangalho de homem, barba cor de palha suja, a cabeça enfiada em um gorro esfarrapado, que provavelmente não achara comprador. Não se adivinhava nele nenhuma história, como podiam ter alguns dos objetos que vendia, nem se lhe sentia a tristeza austera e desenganada das vidas que foram vidas.

A loja era escura, atulhada das coisas velhas, tortas, rotas, enxovalhadas, enferrujadas que de ordinário se acham em tais casas, tudo naquela meia desordem própria do negócio. Essa mistura, posto que banal, era interessante. Panelas sem tampa, tampas sem panela, botões, sapatos, fechaduras, uma saia preta, chapéus de palha e de pelo, caixilhos, binóculos, meias casacas, um florete, um cão empalhado, um par de chinelas, luvas, vasos sem nome, dragonas, um bolsa de veludo, dois cabides, um bodoque, um termômetro, cadeiras, um retrato litografado pelo finado Sisson, um gamão, duas máscaras de arame para o carnaval que há de vir, tudo isso e o mais que não vi ou não me ficou de memória, enchia a loja nas imediações da porta, encostado, pendurado ou exposto em caixas de vidro, igualmente velhas. Lá para dentro, havia outras coisas mais e muitas, e do mesmo aspecto, dominando os objetos grandes, cômodas, cadeiras, camas, uns por cima dos outros, perdidos na escuridão.

Ia a sair, quando vi uma gaiola pendurada da porta. Tão velha como o resto, para ter o mesmo aspecto da desolação geral, faltava-lhe estar vazia. Não estava vazia. Dentro pulava um canário. A cor, a animação e a graça do passarinho davam àquele amontoado de destroços uma nota de vida e de mocidade. Era o último passageiro de algum naufrágio, que ali foi parar íntegro e alegre como dantes. Logo que olhei para ele, entrou a saltar mais abaixo e acima, de poleiro em poleiro, como se quisesse dizer que no meio daquele cemitério brincava um raio de sol. Não atribuo essa imagem ao canário, senão porque falo a gente retórica; em verdade, ele não pensou em cemitério nem sol, segundo me disse depois. Eu, de envolta com o prazer que me trouxe aquela vista, senti-me indignado do destino do pássaro, e murmurei baixinho palavras de azedume.

— Quem seria o dono execrável deste bichinho, que teve ânimo de se desfazer dele por alguns pares de níqueis? Ou que mão indiferente, não querendo guardar esse companheiro de dono defunto, o deu de graça a algum pequeno, que o vendeu para ir jogar um quiniela?

E o canário, quedando-se em cima do poleiro, trilou isto:

— Quem quer que sejas tu, certamente não estás em teu juízo. Não tive dono execrável, nem fui dado a nenhum menino que me vendesse. São imaginações de pessoa doente; vai-te curar, amigo...

— Como? interrompi eu, sem ter tempo de ficar espantado. Então o teu dono não te vendeu a esta casa? Não foi a miséria ou a ociosidade que te trouxe a este cemitério, como um raio de sol?

— Não sei que seja sol nem cemitério. Se os canários que tens visto usam do primeiro desses nomes, tanto melhor, porque é bonito, mas estou que confundes.

— Perdão, mas tu não vieste para aqui à toa, sem ninguém, salvo se o teu dono foi sempre aquele homem que ali está sentado.

— Que dono? Esse homem que aí está é meu criado, dá-me água e comida todos os dias, com tal regularidade que eu, se devesse pagar-lhe os serviços, não seria com pouco; mas os canários não pagam criados. Em verdade, se o mundo é propriedade dos canários, seria extravagante que eles pagassem o que está no mundo.

Pasmado das respostas, não sabia que mais admirar, se a linguagem, se as ideias. A linguagem, posto me entrasse pelo ouvido como de gente, saía do bicho em trilos engraçados. Olhei em volta de mim, para verificar se estava acordado; a rua era a mesma, a loja era a mesma loja escura, triste e úmida. O canário, movendo a um lado e outro, esperava que eu lhe falasse. Perguntei-lhe então se tinha saudades do espaço azul e infinito...

— Mas, caro homem, trilou o canário, que quer dizer espaço azul e infinito?

— Mas, perdão, que pensas deste mundo? Que coisa é o mundo?

— O mundo, redarguiu o canário com certo ar de professor, o mundo é uma loja de belchior, com uma pequena gaiola de taquara, quadrilonga, pendente de um prego; o canário é senhor da gaiola que habita e da loja que o cerca. Fora daí, tudo é ilusão e mentira.

Nisto acordou o velho, e veio a mim arrastando os pés. Perguntou-me se queria comprar o canário. Indaguei se o adquirira, como o resto dos objetos que vendia, e soube que sim, que o comprara a um barbeiro, acompanhado de uma coleção de navalhas.

— As navalhas estão em muito bom uso, concluiu ele.

— Quero só o canário.

Paguei-lhe o preço, mandei comprar uma gaiola vasta, circular, de madeira e arame, pintada de branco, e ordenei que a pusessem na varanda da minha casa, donde o passarinho podia ver o jardim, o repuxo e um pouco do céu azul.

Era meu intuito fazer um longo estudo do fenômeno, sem dizer nada a ninguém, até poder assombrar o século com a minha extraordinária descoberta. Comecei por alfabetar a língua do canário, por estudar-lhe a estrutura, as relações com a música, os sentimentos estéticos do bicho, as suas ideias e reminiscências. Feita essa análise filológica e psicológica, entrei propriamente na história dos canários, na origem deles, primeiros séculos, geologia e flora das ilhas Canárias, se ele tinha conhecimento da navegação, etc. Conversávamos longas horas, eu escrevendo as notas, ele esperando, saltando, trilando.

Não tendo mais família que dois criados, ordenava-lhes que não me interrompessem, ainda por motivo de alguma carta ou telegrama urgente, ou visita de importância. Sabendo ambos das minhas ocupações científicas, acharam natural a ordem, e não suspeitaram que o canário e eu nos entendíamos.

Não é mister dizer que dormia pouco, acordava duas e três vezes por noite, passeava à toa, sentia-me com febre. Afinal tornava ao trabalho, para reler, acrescentar, emendar. Retifiquei mais de uma observação, — ou por havê-la entendido mal, ou porque ele não a tivesse expresso claramente. A definição do mundo foi uma delas. Três semanas depois da entrada do canário em minha casa, pedi-lhe que me repetisse a definição do mundo.

— O mundo, respondeu ele, é um jardim assaz largo com repuxo no meio, flores e arbustos, alguma grama, ar claro e um pouco de azul por cima; o canário, dono do mundo, habita uma gaiola vasta, branca e circular, donde mira o resto. Tudo o mais é ilusão e mentira.

Também a linguagem sofreu algumas retificações, e certas conclusões, que me tinham parecido simples, vi que eram temerárias. Não podia ainda escrever a memória que havia de mandar ao Museu Nacional, ao Instituto Histórico e às universidades alemãs, não porque faltasse matéria, mas para acumular primeiro todas as observações e ratificá-las. Nos últimos dias, não saía de casa, não respondia a cartas, não quis saber de amigos nem parentes. Todo eu era canário. De manhã, um dos criados tinha a seu cargo limpar a gaiola e pôr-lhe água e comida. O passarinho não lhe dizia nada, como se soubesse que a esse homem faltava qualquer preparo científico. Também o serviço era o mais sumário do mundo; o criado não era amador de pássaros.

Um sábado amanheci enfermo, a cabeça e a espinha doíam-me. O médico ordenou absoluto repouso; era excesso de estudo, não devia ler nem pensar, não devia saber sequer o que se passava na cidade e no mundo. Assim fiquei cinco dias; no sexto levantei-me, e então soube que o canário, estando o criado a tratar dele, fugira da gaiola. O meu primeiro gesto foi para esganar o criado; a indignação sufocou-me, caí na cadeira, sem voz, tonto. O culpado defendeu-se, jurou que tivera cuidado, o passarinho é que fugira por astuto...

— Mas não o procuraram?

— Procuramos, sim, senhor; a princípio trepou ao telhado, trepei também, ele fugiu, foi para uma árvore, depois escondeu-se não sei onde. Tenho indagado desde ontem, perguntei aos vizinhos, aos chacareiros, ninguém sabe nada.

Padeci muito; felizmente, a fadiga estava passada, e com algumas horas pude sair à varanda e ao jardim. Nem sombra de canário. Indaguei, corri, anunciei, e nada. Tinha já recolhido as notas para compor a memória, ainda que truncada e incompleta, quando me sucedeu visitar um amigo, que ocupa uma das mais belas e grandes chácaras dos arrabaldes. Passeávamos nela antes de jantar, quando ouvi trilar esta pergunta:

— Viva, sr. Macedo, por onde tem andado que desapareceu?

Era o canário; estava no galho de uma árvore. Imaginem como fiquei, e o que lhe disse. O meu amigo cuidou que eu estivesse doido; mas que me importavam cuidados de amigos? Falei ao canário com ternura, pedi-lhe que viesse continuar a conversação, naquele nosso mundo composto de um jardim e repuxo, varanda e gaiola branca e circular...

— Que jardim? que repuxo?

— O mundo, meu querido.

— Que mundo? Tu não perdes os maus costumes de professor. O mundo, concluiu solenemente, é um espaço infinito e azul, com o sol por cima.

Indignado, retorqui-lhe que, se eu lhe desse crédito, o mundo era tudo; até já fora uma loja de belchior...

— De belchior? trilou ele às bandeiras despregadas. Mas há mesmo lojas de belchior?

GUY DE MAUPASSANT

O LOBO

Eis o que nos contou o velho marquês d'Arville no fim do jantar de Saint-Hubert, na residência do barão de Ravels.

Tínhamos perseguido e acuado um cervo durante o dia. O marquês era o único dos convivas que não havia participado daquela perseguição, pois jamais caçava.

Durante todo o tempo que durou o farto banquete, quase só se falou de massacres de animais. Mesmo as mulheres estavam interessadas nos relatos sanguinários e muitas vezes inverossímeis, e os oradores reproduziam com mímicas os ataques e os combates dos homens contra os animais, levantavam os braços, contavam histórias com uma voz retumbante.

O sr. d'Arville falava bem, com uma poesia um tanto empolada, mas cheia de efeito. Ele já devia ter repetido muitas vezes aquela história, porque contava-a com fluidez, sem hesitações, as palavras escolhidas com habilidade para causar impressão.

Senhores, eu nunca cacei, meu pai também não, meu avô também não, e não, também, meu bisavô. Este último era filho de um homem que caçou mais do que todos vocês. Ele morreu em 1764. Vou lhes contar como.

Ele se chamava Jean, era casado, pai da criança que seria meu trisavô, e morava com o irmão mais moço, François d'Arville, no nosso castelo de Lorraine, em plena floresta.

François d'Arville permanecera solteiro por amor à caça.

Os dois caçavam do início ao fim do ano, sem descanso, sem parar, sem fadiga. Só gostavam daquilo, só falavam daquilo, não compreendiam mais nada fora daquilo, não viviam para outra coisa.

Traziam no coração aquela paixão terrível e inexorável. Ela os incendiava, tinha-os invadido por inteiro, não deixara lugar para mais nada.

Todo mundo estava proibido de incomodá-los durante a caça, qualquer que fosse a razão. Meu trisavô nasceu enquanto seu pai perseguia uma raposa, e Jean d'Arville não interrompeu sua caçada, mas praguejou:

— Filho da mãe, este miserável bem que poderia ter esperado para depois do halali!

Seu irmão François se revelava ainda mais arrebatado do que ele. Assim que levantava ia ver os cães, depois os cavalos, em seguida ia dar tiros nos pássaros ao redor do castelo até o momento de partir à caça de algum animal grande.

Na região, eram chamados de sr. marquês e sr. cadete — os nobres de então não faziam como a nobreza de ocasião dos nossos dias, que pretende estabelecer nos títulos uma hierarquia descendente; porque o filho de um marquês é tão conde, e o filho de um visconde tão barão quanto o filho de um general é coronel de nascença. A vaidade mesquinha de hoje, porém, se aproveita desse arranjo.

Mas voltando aos meus antepassados:

Parece que eram excepcionalmente grandes, ossudos, peludos, violentos e vigororsos. O mais novo, ainda mais alto que o outro, possuía uma voz tão forte que, segundo a lenda da qual ele se orgulhava, todas as folhas da floresta se agitavam quando ele gritava.

E quando se punham em cima de suas selas para ir à caça, devia ser um espetáculo soberbo ver aqueles dois gigantes escarranchados em seus grandes cavalos.

Pois na metade do inverno daquele ano de 1764, o frio foi excessivo e os lobos se tornaram ferozes.

Atacavam até mesmo os camponeses que se demoravam um pouco mais no campo, à noite rondavam as casas, uivavam do pôr do sol até o dia clarear e devastavam os estábulos.

E em seguida um rumor circulou. Falava-se de um lobo colossal, de pelagem cinza, quase branca, que devorara duas crianças, arrancara o braço de uma mulher, degolara todos os cães de guarda da região e que penetrava sem medo nos pátios para vir farejar embaixo das portas. Todos os habitantes afirmavam ter percebido o seu bafo, que fazia vacilar a chama das velas. E logo um pânico tomou conta de todo o campo. Ninguém ousava sair depois que a noite caia. As trevas pareciam assombradas pela imagem daquele animal...

Os irmãos d'Arville resolveram ir ao seu encalço e matá-lo, e convidaram todos os nobres cavalheiros da região para grandes caçadas.

Foi em vao. Vasculharam as florestas, esquadrinharam os bosques, e jamais o encontraram. Matavam alguns lobos, mas não aquele. E cada noite que se seguia à batida, o animal, como para se vingar, atacava algum viajante ou devorava alguma rês, sempre longe do lugar onde tinham-no procurado.

Até que uma noite ele entrou no curral de porcos do castelo d'Arville e devorou os dois exemplares mais bonitos da criação.

Os dois irmãos foram tomados pela cólera, considerando aquele ataque como uma bravata do monstro, uma injúria pessoal, um desafio. Juntaram todos os seus fortes sabujos acostumados a perseguir os animais mais temíveis e foram à caça, o peito exaltado de tanta fúria.

Desde o amanhecer até a hora em que um sol cor de púrpura desceu por trás das altas árvores nuas, eles vasculharam os matagais sem nada encontrar.

Por fim, furiosos e contrariados, regressavam ao trote dos cavalos por um aleia flanqueada por arbustos, admirados que suas técnicas e experiência fossem superadas por aquele lobo. De súbito foram tomados por uma espécie de apreensão misteriosa.

O mais velho disse:

— Esse bicho não é qualquer um. Diria até que pensa como um homem.

O caçula respondeu:

— Talvez a gente devesse mandar benzer uma lápide pelo nosso primo bispo, ou pedir a algum padre para dizer as palavras santas.

Depois se calaram.

Jean recomeçou:

— Olha como o sol está vermelho. Esse grande lobo vai aprontar alguma coisa esta noite.

Não tinha terminado de falar quando seu cavalo empinou; o de François começou a escoicear. Um moitão denso, coberto de folhas mortas, se abriu diante deles, e um gigantesco animal, todo cinza, surgiu, disparando em direção à floresta.

Os dois soltaram uma espécie de rugido de satisfação, e, curvando-se sobre o pescoço de seus pesados cavalos, impeliram-nos à frente com uma arremetida de todo o corpo, investindo-os de tamanha velocidade, excitando-os, atiçando-os, enlouquecendo-os com a voz, com os gestos e com a espora, que a impressão era de que os cavaleiros carregavam entre as pernas os seus cavalos, erguendo-os num galope que parecia um voo.

Eles iam assim, a toda a carreira, rebentando os arbustos, cortando os barrancos, subindo as encostas, resvalando pelos peraus, e tocando a trompa a plenos pulmões para chamar seus companheiros e seus cães.

E eis que de súbito, em meio àquela corrida desvairada, meu trisavô bateu a testa contra um enorme galho de uma árvore que lhe partiu o crânio; e caiu morto no chão, enquanto seu cavalo, enlouquecido, desaparecia na sombra que envolvia a floresta.

No mesmo instante o d'Arville caçula sofreou o cavalo, saltou no chão, tomou o irmão nos braços e viu que da ferida escorria uma pasta de sangue e miolos.

Então ele sentou-se ao lado do corpo e pousou em seu colo a cabeça vermelha e desfigurada. E esperou, contemplando a face imóvel do irmão. Pouco a pouco um medo foi invadindo-o, um medo singular que jamais tinha sentido, o medo das sombras, da solidão, da floresta deserta e também o medo daquele lobo fantástico que acabara de matar seu irmão para se vingar deles.

As trevas se tornavam mais espessas, o frio cortante fazia estalar as árvores. François se ergueu, tremendo, incapaz de continuar ali por mais tempo, sentindo-se prestes a desmaiar. Não se ouvia mais nada, nem o latido dos cães nem os som dos cornes, tudo era mudo no horizonte invisível; e aquele silêncio sombrio da noite gelada tinha algo de estranho e aterrorizante.

Ele apanhou com suas mãos de colosso o corpanzil de Jean, levantou-o e deitou-o sobre a sela para levá-lo de volta ao castelo; em seguida pôs-se em marcha devagar, o espírito confuso, como se embriagado, perseguido por imagens horríveis e assombrosas.

Bruscamente, na vereda que a noite invadia, passou uma sombra. Era o bicho. Um calafrio de pavor sacudiu François; qualquer coisa fria, como uma gota d'água, correu-lhe as costas até a altura dos rins, e, como um monge possuído pelo diabo, ele fez o sinal da cruz, transtornado por aquele retorno brusco da besta. Mas seu olhar caiu outra vez sobre o corpo inerte deitado à sua frente, e de súbito, passando bruscamente do temor à cólera, ele estremeceu com uma raiva tumultuosa.

E cravou as esporas no cavalo, precipitando-se atrás do lobo.

Seguia-o pelas touceiras, barrancos e matas, atravessando bosques que não reconhecia mais, o olhar fixo na mancha branca que fugia na noite que despencara sobre a terra.

Seu cavalo também parecia animado de uma força e de um ardor desconhecidos. Galopava com o pescoço teso, reto à frente, fazendo bater contra as árvores e pedras a cabeça e os pés do morto, jogado de través em cima da sela. Os espinheiros arrancavam os cabelos; a testa batia nos troncos e os manchava de sangue; as esporas tiravam pedaços da casca.

E de repente animal e cavaleiro saíram da floresta e se afundaram num pequeno vale, justo quando a lua aparecia por cima dos montes. Era um buraco pedregoso, cercado de rochas enormes, sem saída possível. E o lobo, acuado, se virou.

François deu um urro de alegria, que os ecos repetiram como

o estrondo de uma trovoada, e saltou do cavalo empunhando o facão.

O animal ouriçado, dorso encurvado, esperava. Seus olhos luziam como duas estrelas. Mas antes de travar batalha, o caçador agarrou o corpo do irmão, acomodou-o sentado numa rocha, escorando com pedras a cabeça, que já não passava de uma mancha de sangue. E gritou-lhe no ouvido, como se falasse a um surdo:

— Olha, Jean, olha bem isso!

Em seguida se atirou contra o monstro. Sentia-se forte o bastante para emborcar uma montanha, para triturar pedras com as mãos. O bicho tentou mordê-lo, buscando-lhe o flanco; mas ele o havia segurado pelo pescoço, sem nem mesmo se servir da faca, e estrangulava-o devagar, escutando o suspender da respiração na garganta e dos batimentos no coração. E ria, desvairado, apertando mais e mais sua já formidável pressão, gritando, num delírio de alegria:

— Olha, Jean, olha!

E toda a resistência cessou; o corpo do lobo se tornou flácido. Estava morto.

Então, agarrando-o com uma braçada, François trouxe-o até os pés do irmão, repetindo com uma voz comovida:

Toma, toma, toma, meu querido Jean, aí está ele!

Depois recolocou em cima da sela os dois cadáveres, um sobre o outro, e pôs-se em marcha.

Entrou no castelo rindo e chorando, como Gargantua no nascimento de Pantagruel, soltando gritos de triunfo e trepidando de alegria ao contar a morte do animal, e gemendo e arrancando pelos da própria barba ao relatar a do irmão.

Mais tarde, muitas vezes quando lembrava aquele dia, ele falava, com lágrimas nos olhos:

— Se ao menos o pobre Jean tivesse me visto estrangular o outro, ele teria morrido contente, tenho certeza disso!

A viúva de meu antepassado incutiu em seu filho órfão o horror à caça, que se transmitiu de pai para filho até chegar a mim.

O marquês d'Arville ficou em silêncio. Alguém perguntou:

— Esta história é uma lenda, não é?

E o narrador respondeu:

— Juro que é verdadeira do início ao fim.

Então uma mulher declarou, com uma vozinha suave:

— Tanto faz, o bonito é ter paixões como essas.

LIMA BARRETO

A AVE ESTRANHA
(*UMA ANEDOTA DO REINO DOS PERUS*)

Um dia em que o azul do ar transluzia e os seus delgados filetes paralelos vibravam como cordas de violino, ao reino dos Perus, sem que se soubesse donde, chegou uma ave estranha.

Era alta e garbosa, leve e esguia. Vinha envolvida numa doida atmosfera de rubro, de miragem dourada. A doce curva de seu pescoço tomava os mais elegantes ímpetos para atingir o céu distante. Rebrilhavam as suas penas nos matizes mais variados e imprevistos, ora, a turquesa das alturas vivia-lhe na plumagem; ora, a esmeralda do mar serpenteava pelo seu dorso; por toda ela, aqui, ali, pintas, olhos, cruzes, estrelas de safiras, ágatas, de topázios e rubis cuiscavam.

Foi grande a surpresa no domínio do Perus. Cada qual, não saindo do círculo de giz em que desde tempos imemoriais se haviam metido, ergueu a cabeça hedionda.

Oh espanto! Oh terror! A ave não se parecia com eles.

Não tinha as penas negras de brilho esverdinhado; movia-se em todos os sentidos; os traços de giz não suspendiam seus passos. Mal pousou em terra, familiarmente, como se de há muito conhecesse o hábito, pôs-se a falar, a comentar, com liberdade, com segurança. Não tinha medo nem das palavras, nem das ideias, nem dos outros perus, os maiores, que eles diziam existir poderosos.

Era tolerante: sabia a grande variabilidade das coisas, a maneira diversa que cada qual pode compreendê-las.

Mas os perus não se podiam capacitar que o mesmo objeto visto por duas pessoas desperte dois modos de ver diferentes.

Para eles toda árvore era verde, todo verde era um só, isso nascia da reflexão da sua natureza íntima.

Todos eram iguais, do mesmo povo, com a mesma voz, com mesmos gostos; as diferenças que, porventura, se lhes pudesse dar o nascimento os anos lhes tiraram.

Sabiam escrever, mas só de um modo, sabiam pensar, mas só de um modo, não admitiam a dúvida.

Era certo o que diziam, era exato o que representavam. Paravam nas palavras, não iam ao pensamento.

E a letra? Ah! A letra!

Quem tinha letra bonita, escrevia as verdades; e na letra bonita estava o imperativo categórico.

O mundo era rígido, para eles, igual, medido, não tinha diferenças, não tinha nuances, era uma curva abominável. O mundo, já lá dizia o filósofo, é a ilusão do nosso entendimento.

O espanto foi contido e com falsas vozes de amigo, os perus indagaram:

— Donde vens?

— De longe. Atravessei mares, lagos, rios e minhas asas por vezes roçaram na cabeleira verdoenga das florestas. Vi o azul fosforescente do mar dos trópicos, as adustas areias da Ásia, a gama de fogo do Chibuazo, do Cotopaxi. Vi pagodes, cubatas, palácios.

Os *boulevards* de Paris, os jardins de Sandes e as nascentes do Nilo encantaram alternativamente meus olhos. Raças, povos, famílias, de cores e de sangue mais vários amei.

VINICIUS DE MORAES

DE POMBOS E DE GATOS

Um dos meus grandes encantos em Florença, onde, em 1952, passei cerca de um mês, era ver da janela do meu quinto andar, no hotel Nazionale, a madrugada toscana romper sobre a Piazza Santa Maria Novella. Habituei-me de tal modo a isso que, nos meus hábitos de noctâmbulo, esticava a noite até o amanhecer, só pelo prazer de ver a luz rósea do sol florentino descobrir e incendiar os mármores da fachada da igreja de Santa Maria Novella, bem como o claustro verde que fica à sua esquerda e as elegantes arcadas do fundo, onde existem as terracotas de Andrea e Giovanni della Robbia. Mas o prazer desse minuto de luz acabaria por resultar monótono, não se lhe seguisse um dos mais extraordinários *divertissements* a que já me foi dado assistir, misto de balé, cinema e circo romano, sem falar que cheio de ensinamentos sobre a vida e arte de viver perigosamente.

O caso é que, aos primeiros vestígios de luz, começava-se a ouvir por ali em torno um brando ruflar de asas que, com o despontar do sol, crescia num espesso burburinho ao qual vinham se unir doces arrulhos. E o ambiente, em suas cores rosa, verde, laranja e terracota, adquiria uma maciez de plumas; e logo asas brancas e trigueiras começavam a tatalar em largos voos e algumas desciam em voos rasantes; e toda uma população de pombos, habitantes daqueles mil escaninhos, como só pode proporcionar a arquitetura antiga, vinha pousar na praça.

A coisa ficava assim por uns poucos minutos; e em breve apareciam, infalivelmente, no belo logradouro, três padres e cinco gatos. Cabe dizer, em nome da verdade, que os padres chegavam bem menos sorrateiramente que os gatos e, estou certo, com intenções muito menos maléficas; pois se vinham os padres para se aquecer um pouco ao sol e ler seus breviários, os gatos surgiam, esgueirando-se das ruas laterais, para cumprir uma fatalidade do seu destino, que é de comer pombos. E com a malícia que lhes é peculiar, colocavam-se pacientemente em posições estratégicas, sob automóveis encostados ao meio-fio, à espera do momento azado para o bote.

Deus sabe que, entre gatos e pombos, eu sou francamente pela primeira espécie. Acho os pombos um povo horrivelmente burguês, com o seu ar bem-disposto e contente da vida, sem falar na baixeza de certas características de sua condição, qual seja a de, eventualmente, se entredevorarem quando engaiolados. Mas no caso especial da Piazza Santa Maria Novella, devo confessar que era torcida incondicional dos pombos; e só passei a torcer pelos gatos no final, quando, defrontado com a realidade de sua terrível humilhação, e provável neurose subsequente, achei que não faria nenhuma falta à comunidade a desaparição de uma meia dúzia de columbinos, em benefício do sistema nervoso dos pobres gatos. Pois era quase doloroso ver o fracasso constante de suas desesperadas tentativas de caçar um pombinho que fosse. E garanto que eles empregavam todas as técnicas tradicionais dos gatos, desde a paciente emboscada, até a carreira às cegas, com saltos desordenados para todos os lados.

Tudo em vão. Porque, a cada arremetida, os pombos limitavam-se a dar pequenos voos que criavam verdadeiros túneis para os gatos, que os percorriam em furiosas e inúteis investidas. E o pior é que cada pombo, passado o rojão, pousava como se nada tivesse havido, e continuava na sua estúpida ciscação do chão da praça, na mais total indiferença diante de seu velho inimigo. Coisa que, positivamente, devia deixar os gatos loucos. Haja vista um que um dia eu vi, depois de numerosos ataques frustrados, a morder como um possesso o pneu de um Chevrolet, e por cuja sanidade mental não poria de maneira alguma a mão na Bíblia.

DO AMOR AOS BICHOS

Quem, dentre vós, já não teve vontade de ver um passarinho lhe vir pousar na mão? Quem já não sentiu a adorável sensação da repentina falta de temor de um bicho esquivo? A cutia que, num parque, faz uma pose rápida para o fotógrafo — em quem já não despertou o impulso de lhe afagar o dorso tímido? Quem já não invejou Francisco de Assis em suas pregações aos cordeirinhos da Úmbria? Quem já não sorriu ao esquilo quando o animalzinho volta-se curioso para nos mirar? Quem já não se deliciou ao contato dulcíssimo de uma pomba malferida, a tremer medrosa em nossa palma?

Eis a razão por que, semanal leitor, hoje te quero falar do amor aos bichos. Não do amor de praxe aos cachorros, dos quais se diz serem os maiores amigos do homem; nem do elegante amor aos gatos, que gostam mais da casa que do dono, conforme reza o lugar-comum. Quero falar-te de um certo inefável amor a animais mais terra a terra, como as galinhas e as vacas. Diremos provisoriamente basta o amor ao cavalo, que é, fora de dúvida, depois da mulher, o animal mais belo da Criação. Pois não quero, aqui neste elogio, deixar levar-me por considerações éticas ou estéticas, mas apenas por um critério de humanidade. E, sob este aspecto, o que não vos poderia eu dizer sobre as galinhas e as vacas! Excelsas galinhas, nobres vacas nas quais parece dormir o que há de mais telúrico na natureza... Bichos simples e sem imaginação, o que não vos contaria eu, no entanto, sobre a sua sapiência, a sua naturalidade existencial...

Confesso não morrer de amores pelos bichos chamados engraçadinhos, ou melhor, não os levar muito em conta: porque a verdade é que amo todos os bichos em geral; nem pelos demasiado relutantes ou maníaco-depressivos, tais os veados, os perus e as galinhas-d'angolas. Mas olhai uma galinha qualquer ciscando num campo, ou em seu galinheiro: que feminilidade autêntica, que espírito prático e, sobretudo, que saúde moral! Eis ali um bicho que, na realidade, ama o seu clã; vive com um fundo sentimento de permanência, malgrado a espada de Dâmocles que lhe pesa permanentemente sobre a cabeça, ou por outra, o pescoço; e reluta pouco nas coisas do amor físico. Soubessem as mulheres imitá-las e estou certo viveriam bem mais felizes. E põem ovos! Já pensastes, apressado leitor, no que seja um ovo: e quando ovo se diz, só pode ser de galinha! É misterioso, útil e belo. Batido, cresce e se transforma em omelete, em bolo. Frito, é a imagem mesma do sol poente: e que gostoso! Pois são elas, leitor, são as galinhas que dão ovos e — há que convir — em enormes quantidades. E a normalidade com que praticam o amor?... A natureza poligâmica do macho, que é aparentemente uma lei da Criação, como é bem aceita por essa classe de fêmeas! Elas se entregam com a maior simplicidade, sem nunca se perder em lucubrações inúteis, dramas de consciência irrelevantes ou utilitarismos sórdidos, como acontece no mundo dos homens. E tampouco lhes falta lirismo ou beleza, pois muito poéticas põem-se, no entardecer, a cacarejar docemente em seus poleiros; e são belas, inexcedivelmente belas durante a maternidade.

Assim as vacas, mas de maneira outra. E não seria à toa que, a mais de tratar-se de um bicho contemplativo, é a vaca uma legítima força da natureza — e de compreensão mais sutil que a galinha, por isso que nela intervêm elementos espirituais autênticos, como a meditação filosófica e o comportamento plástico. De fato, o que é um campo sem vacas senão mera paisagem? Colocai nele uma vaca e logo tereis, dentro de concepções e cores diversas, um Portinari ou um Segall. A "humanização" é imediata: como que se cria uma ternura ambiente. Porque doces são as vacas em seu constante ruminar, em sua santa paciência e em seu jeito de olhar para trás, golpeando o ar com o rabo.

Bichos fadados, pela própria qualidade de sua matéria, à morte violenta, impressiona-me nelas a atitude em face da vida. São generosas, pois vivem de dar, e dão tudo o que têm, sem maiores queixas que as do trespasse, transformando-se num número impressionante de utilidades, como alimentos, adubos, botões, bolsas, palitos, sapatos, pentes e até tapetes — pelegos — como andou em moda. Por isso sou contra o uso de seu nome como insulto. Considero essa impropriedade um atentado à memória de todas as galinhas e vacas que morreram para servir ao homem. Só o leite e o ovo seriam motivo suficiente para se lhes erguer estátua em praça pública. Nunca ninguém fez mais pelo povo que uma simples vaca que lhe dá seu leite e sua carne, ou uma galinha que lhe dá seu ovo. E se o povo não pode tomar leite e comer carne e ovos diariamente, como deveria, culpem-se antes os governos, que não os sabem repartir como de direito. E abaixo os defraudadores e açambarcadores que deitam água ao leite ou vendem o ovo mais caro do que custa ao bicho pô-lo!

E, uma vez dito isto, caiba-me uma consideração final contra os bichos prepotentes, sejam eles nobres como o leão ou a águia, ou furbos como o tigre ou o lobo: bichos que não permitem a vida à sua volta, que nasceram para matar e aterrorizar, para causar tristeza e dano; bichos que querem campear sozinhos, senhores de tudo, donos da vida; bichos ferozes e egoístas contra o povo dos bichinhos humildes, que querem apenas um lugar ao sol e o direito de correr livremente em seus campos, matas e céus. Para vencê-los, que se reúnam todos os outros bichos, inclusive os domésticos "mus" e "cocoricós", porque, cacarejando estes, conglomerando-se aqueles em massa pacífica mas respeitável, não prevalecerá contra eles a garra do tigre ou o dente do lobo. Constituirão uma frente comum intransponível, a dar democraticamente leite e ovos em benefício de todos, e destemerosa dos rugidos da fera. Porque uma fera é em geral covarde diante de uma vaca disposta a tudo.

ITALO CALVINO

A LINGUAGEM DOS ANIMAIS

Um rico comerciante tinha um filho chamado Babu, esperto e com muita vontade de aprender. O pai o deixou sob os cuidados de um professor muito sábio, para que lhe ensinasse todas as línguas.

Concluídos os estudos, Babu voltou para casa e, certa tarde, passeava com o pai pelo jardim. Numa árvore, os pássaros gritavam: um chilreio ensurdecedor.

— Estes passarinhos estouram meus tímpanos todas as tardes — disse o comerciante tapando os ouvidos.

E Babu:

— Quer que lhe explique o que estão dizendo?

O pai olhou para ele admirado.

— Como pretende saber o que dizem os pássaros? Será que você é um adivinho?

— Não, mas o professor me ensinou a linguagem de todos os animais.

— Ah, estou vendo que apliquei bem o meu dinheiro! — disse o pai. — O que terá entendido aquele professor? Eu queria que lhe ensinasse as línguas que falam os homens, não as dos animais!

— As línguas dos animais são mais difíceis, e o professor quis começar por elas.

O cão corria ao encontro deles latindo. E Babu:

— Quer que lhe explique o que ele está dizendo?

— Não! Pare de me aborrecer com sua linguagem dos animais! Quanto dinheiro desperdiçado!

Passeavam ao longo de um fosso, e as rãs coaxavam.

— Só faltavam as rãs para me alegrar... — resmungava o pai.

— Pai, quer que lhe explique... — começou Babu.

— Vá para o diabo você e quem lhe ensinou!

E o pai, furioso por ter jogado dinheiro fora na educação do filho e com a ideia de que tal conhecimento da linguagem animal fosse uma espécie de bruxaria, chamou dois empregados e disse o que deveriam fazer no dia seguinte.

De manhã, Babu foi despertado, um dos empregados o fez subir na carruagem e se sentou ao lado dele; o outro, instalado no lugar do cocheiro, açoitou os cavalos e partiram a galope. Babu não sabia nada daquela viagem, mas notou que o criado que estava ao seu lado tinha os olhos tristes e inchados.

— Aonde vamos? — perguntou-lhe. — Por que está tão triste? — Mas o criado permanecia em silêncio.

Então os cavalos se puseram a relinchar, e Babu entendeu o que diziam:

— Triste viagem é esta, levamos o patrãozinho para a morte.

E o outro respondia:

— Cruel foi a ordem de seu pai.

— Então, vocês receberam ordem de meu pai para acabar comigo? — disse Babu aos criados.

Os criados estremeceram:

— Como é que soube? — perguntaram.

— Os cavalos me contaram — disse Babu. — Então me matem logo. Por que me fazer sofrer esperando?

— Não temos coragem para tanto — disseram os criados. — Procuramos um meio de salvá-lo.

Nisso, o cão os alcançou, latindo, pois perseguia a carruagem desde a partida. E Babu compreendeu que dizia:

— Para salvar meu patrãozinho, daria a minha vida!

— Se meu pai é cruel — disse Babu —, também existem criaturas fiéis; vocês, meus caros criados, e este cão que se diz disposto a dar a vida por mim.

— Então — disseram os criados —, vamos matar o cão e levar o coração dele para o patrão. O senhor, patrãozinho, fuja.

Babu abraçou os empregados e o cão fiel, e partiu para o desconhecido. À noite, chegou a uma casa e pediu pousada aos camponeses. Estavam jantando quando, do pátio, vieram os latidos do cão. Babu ficou escutando à janela, depois disse:

— Apressem-se, mandem as mulheres e os filhos para a cama, e vocês se armem até os dentes e fiquem alerta. À meia-noite, vai aparecer um bando de malandros para assaltá-los.

Os camponeses pensaram que ele tinha enlouquecido.

— Mas como é que sabe? Quem lhe disse?

— Soube por intermédio do cão que latia para avisá-los. Pobre animal, se não fosse por mim, teria desperdiçado o fôlego. Se me ouvirem, estão salvos.

Os camponeses, com os fuzis, ficaram de tocaia atrás de uma sebe. As mulheres e os filhos se fecharam em casa. À meia-noite, ouviu-se um assovio, depois outro e mais outro; em seguida, gente se movendo. Da sebe partiu uma descarga de chumbo. Os ladrões se lançaram em fuga; dois ficaram estendidos na lama, com as facas na mão.

Foram feitos muitos elogios a Babu, e os camponeses queriam que permanecesse ali, mas ele se despediu e continuou sua viagem.

Anda que anda e, à noite, chega a outra casa de camponeses. Está em dúvida se bate ou não à porta, quando ouve um coaxar de rãs no fosso. Fica atento; discutiam:

— Vá, jogue a hóstia! Para mim! Para mim! Se não passarem a hóstia para mim, não jogo mais! Você não a segura e acaba rachando! Nós a conservamos inteira por tantos anos!

Aproxima-se e observa: as rãs jogavam bola com uma hóstia consagrada. Babu fez o sinal da cruz.

— Já são seis anos que está aqui no fosso! — disse uma rã.

— Desde que a filha do camponês foi tentada pelo demônio e, em vez de fazer a comunhão, escondeu a hóstia no bolso; e depois, voltando da igreja, jogou-a aqui no fosso.

Babu bateu à porta. Convidaram-no para jantar. Falando com o camponês, ficou sabendo que ele tinha uma filha, sofrendo de uma doença havia seis anos, mas que nenhum médico sabia qual era, e agora ela estava no fim da vida.

— É claro! — disse Babu. — É punição divina. Há seis anos, jogou no fosso a hóstia consagrada. É preciso procurar essa hóstia e depois fazê-la comungar devotamente; então ficará curada.

O camponês estremeceu.

— Mas quem lhe contou tudo isso?

— As rãs — disse Babu.

O camponês, mesmo sem entender, procurou no fosso, encontrou a hóstia, fez com que a filha comungasse e ela se curou. Não sabiam como recompensar Babu, mas ele não quis nada, despediu-se e retomou seu caminho.

Num dia de intenso calor, encontrou dois homens que descansavam à sombra de uma castanheira. Deitou-se ao lado deles e pediu se podia lhes fazer companhia. Começaram a conversar:

— Vocês dois vão para onde?

— Vamos para Roma. Não soube que o papa morreu e vão eleger o novo papa?

Entretanto, nos ramos da castanheira pousou um bando de pássaros.

— Estes passarinhos também estão indo para Roma — disse Babu.

— E como é que sabe? — perguntaram os dois.

— Entendo a linguagem deles — disse Babu. Apurou os ouvidos depois: — Sabem o que dizem?

— O quê?

— Dizem que um de nós três será eleito papa.

Naquele tempo, para eleger o papa, libertava-se uma pomba para que voasse pela praça de São Pedro cheia de gente. O homem em cuja cabeça a pomba pousasse devia ser eleito papa. Os três chegaram à praça apinhada de gente e se perderam no meio da multidão. A pomba voou, voou e pousou na cabeça de Babu.

Em meio a cantos e gritos de alegria foi erguido num trono e vestido com roupas preciosas. Levantou-se para dar a bênção e no silêncio que se fizera na praça se ouviu um grito. Um velho caíra por terra como morto. O novo papa acorreu e no velho reconheceu seu pai. O remorso o matara e mal tivera tempo de pedir perdão ao filho, antes de expirar entre seus braços.

Babu o perdoou e foi um dos melhores papas que a Igreja teve.

O PALÁCIO DOS MACACOS

Era uma vez um rei que tinha filhos gêmeos: João e Antônio. Como não se tinha certeza sobre qual dos dois nascera primeiro, e na Corte havia opiniões divergentes, o rei não sabia qual deles indicar como sucessor. E disse:

— Para não prejudicar nenhum dos dois, saiam pelo mundo à procura de mulher, e a esposa que me der o presente mais bonito e raro fará com que o marido herde a coroa.

Os gêmeos montaram a cavalo e se puseram em marcha cada um por uma estrada.

Após dois dias, João chegou a uma grande cidade. Conheceu a filha de um marquês e lhe falou do assunto do presente. Ela lhe deu uma caixinha lacrada para levar ao rei e realizaram o noivado oficial. O rei conservou a caixinha sem abri-la, aguardando o presente da esposa de Antônio.

Antônio cavalgava sem parar e nada de encontrar uma cidade. Estava num bosque denso, sem atalhos, que parecia não ter fim, e devia abrir caminho cortando os galhos com a espada, quando de repente apareceu uma clareira à sua frente, e no fundo da clareira havia um palácio inteirinho de mármore, com vitrais resplandecentes. Antônio bateu, e quem lhe abriu a porta? Um macaco. O macaco vestia libré de mordomo; fez-lhe uma reverência e com um gesto da mão convidou-o para entrar. Dois outros macacos o ajudaram a desmontar, pegaram o cavalo pelas rédeas e o conduziram às estrebarias. Ele entrou e subiu uma escada de mármore coberta de tapetes, e na balaustrada estavam empoleirados muitos macacos, em silêncio, que o saudaram. Antônio entrou numa sala onde havia uma mesa preparada para jogar baralho. Um macaco o convidou para sentar, outros macacos se sentaram ao lado, e Antônio começou a jogar três-sete com os macacos. Num certo momento lhe perguntaram com gestos se queria comer. Conduziram-no à sala de jantar, onde macacos de avental serviam à mesa posta, e os convidados eram todos macacos de chapéus emplumados. Depois o acompanharam com archotes a um quarto e o deixaram dormir.

Antônio, embora assustado e estupefato, estava tão cansado que adormeceu. Mas, no melhor do sono, uma voz o despertou, no escuro, chamando:

— Antônio!

— Quem me chama? — disse ele encolhendo-se na cama.

— Antônio, o que você estava procurando ao vir até aqui?

— Procurava uma esposa que desse ao rei um presente mais bonito que o da mulher de João, para que eu ganhasse a coroa.

— Se concordar em casar comigo, Antônio — disse a voz no escuro —, terá o presente mais bonito e a coroa.

— Então casemos — disse Antônio com um fio de voz.

— Muito bem: amanhã mande uma carta a seu pai.

No dia seguinte Antônio escreveu uma carta ao pai dizendo

que estava bem e que voltaria com a esposa. Entregou-a a um macaco que, saltando de uma árvore a outra, chegou à Cidade Real. O rei, apesar de surpreso com o insólito mensageiro, ficou muito contente com as boas notícias e hospedou o macaco no palácio.

Na noite seguinte, Antônio foi de novo acordado por uma voz no escuro:

— Antônio! Seus sentimentos permanecem os mesmos?

E ele:

— Claro que sim!

E a voz:

— Muito bem! Amanhã mande outra carta a seu pai.

E no dia seguinte Antônio escreveu de novo ao pai dizendo que estava bem e enviou a carta com um macaco. O rei hospedou também esse macaco no palácio.

Assim, todas as noites a voz perguntava a Antônio se não mudara de ideia e lhe dizia para escrever a seu pai, e todos os dias partia um macaco com uma carta para o rei. Essa história durou um mês e a Cidade Real já estava cheia de macacos: macacos nas árvores, macacos nos telhados, macacos nos monumentos. Os sapateiros batiam os pregos com um macaco nas costas que os imitava, os cirurgiões operavam com os macacos que levavam embora seus bisturis e a linha para costurar os doentes, as senhoras iam passear com um macaco sentado na sombrinha. O rei não sabia mais o que fazer.

Passado um mês, a voz no escuro finalmente disse:

— Amanhã iremos juntos até o rei e nos casaremos.

Bem cedo, Antônio desceu e na porta havia uma carruagem belíssima com um macaco cocheiro montado na boleia e dois macacos lacaios agarrados atrás. E, dentro da carruagem, sobre almofadas de veludo, cheia de joias, com um penteado de plumas de avestruz, quem se via? Uma macaca. Antônio se sentou ao seu lado e a carruagem partiu.

Ao chegar à cidade do rei, as pessoas abriam alas para aquela carruagem nunca vista e todos ficaram maravilhados ao ver o príncipe Antônio que escolhera como noiva uma macaca. E todos observavam o rei, que estava aguardando o filho nas escadas do palácio, para ver que cara ele faria. O rei não era rei por acaso: nem piscou os olhos, como se casar com uma macaca fosse a coisa mais natural do mundo. Disse apenas:

— Se foi a escolhida, há de casar. Palavra de rei é palavra de rei.

E pegou das mãos da macaca uma caixinha lacrada igual à da cunhada. As caixinhas seriam abertas no dia seguinte, o dia do casamento. A macaca foi acompanhada a seu quarto e quis ser deixada sozinha.

No dia seguinte Antônio foi buscar a noiva. Entrou, e a macaca estava no espelho experimentando o vestido de noiva. Disse:

— Veja se lhe agrado. — E, assim dizendo, virou-se.

Antônio ficou sem voz: de macaca que era, ao se virar, transformara-se numa bela moça, loura, alta e elegante que era um prazer olhar. Esfregou os olhos, pois não conseguia acreditar no que via, mas ela disse:

— Sim, sou exatamente eu sua noiva. — E se atiraram um nos braços do outro.

Fora do palácio havia uma multidão que viera assistir ao casamento do príncipe Antônio com a macaca e, quando o viram aparecer com tão bela criatura, ficaram de boca aberta. Mais adiante, ao longo do caminho, todos os macacos faziam alas, nos galhos, nos telhados e nos parapeitos. Quando passou o casal real, cada macaco dava uma volta em torno de si mesmo e todos se transformavam com aquele movimento: uns em damas com manto e cauda, outros em cavaleiros de chapéu emplumado e espadim, outros em frades, outros em camponeses, outros em pajens. E todos fizeram cortejo para o casal que ia se unir em matrimônio.

O rei abriu as caixinhas dos presentes. Abriu a da mulher de João e dentro dela havia um passarinho vivo que voava, e era um milagre que tivesse ficado fechado ali todo aquele tempo; o passarinho tinha no bico uma noz, e dentro da noz havia um laço de ouro.

Abriu a caixinha da mulher de Antônio e também ali havia um passarinho vivo, e o passarinho tinha na boca uma lagartixa, que não se entendia como pudesse estar lá, e a lagartixa tinha na boca uma avelã que não se entendia como tivesse entrado ali, e, aberta a avelã, havia dentro dela um tule bordado, de cem braças, todo dobrado.

O rei estava prestes a proclamar Antônio seu herdeiro, e João já fazia cara feia, mas a esposa de Antônio disse:

— Antônio não precisa do reino de seu pai porque já tem o reino que trago para ele como dote e que ele, ao casar comigo, libertou do encanto que nos transformara a todos em macacos!

E todo o povo de macacos transformados de novo em seres humanos aclamou Antônio seu rei. João herdou o reino do pai e viveram em paz e harmonia.

Assim se divertiram e permaneceram
E a mim nada me ofereceram.

CARLOS DRUMMOND
DE ANDRADE

UM CÃO, OUTRO CÃO

"Vovô triste procura seu cachorro *pointer*, Toy, desaparecido. Boa recompensa para quem devolvê-lo ou souber onde ele se encontra. Tel. 287..."

— Alô! É o Vovô Triste?

— Como?

— Não é o Vovô Triste quem está falando? Aquele que perdeu um cachorro de estimação?

— Ah, sim. Sou eu mesmo. Estou tão triste que nem me lembrei do nome que pus no jornal. O senhor achou o meu Toy?

— Antes de mais nada, meu caro senhor, quero cumprimentá-lo com respeito. Estou falando com um homem de sensibilidade, um homem de coração grande, que sofre com a perda de uma companhia animal. Eu divido os homens entre os que amam a convivência dos irracionais, e aqueles que...

— Obrigado. Mas o senhor achou o meu Toy?

— Um momento. Não posso deixar de me inclinar diante das pessoas sensíveis, realmente identificadas com o mundo natural. Isso é tão raro hoje em dia.

— Não é tanto assim, o senhor exagera. Todo mundo que tem um cão é porque gosta dele, e gostando, sente falta quando ele some.

— É o que o senhor pensa. Muita gente dá graças a Deus quando se vê livre do animal doméstico, que não quer ficar sozinho em casa e impede que o dono saia da viagem ou mesmo para jantar fora. Conheço casos...

— Está bem. Agora me dê notícias do Toy.

— Pois não. Ele é *pointer,* não é?

— Exatamente.

— Inglês ou alemão?

— Inglês, com muita honra.

— Por que o senhor diz "com muita honra"? Se fosse alemão, a honra era menor, ou nenhuma?

— Absolutamente, cavalheiro. Prezo tanto a Inglaterra quanto a Alemanha, mas o meu cão é inglês, eu gosto do meu cão, então eu digo com muita honra que ele é inglês. Há algum mal nisso?

— Entendi. O seu Toy é preto ou branco?

— Branco, manchado.

— De preto, de laranja, de que cor?

— De preto. O senhor achou, o senhor viu em algum lugar o meu Toy? Diga logo, estou tão ansioso!

— Tenha calma, Vovô Triste. Estou lhe perguntando porque tem tanto cachorro por aí, de tantas variedades da mesma raça, que só a gente vendo um retrato bem nítido do animal é que pode identificá-lo, né?

— Eu conheço o meu Toy a léguas de distância. Conheço pela ligeireza, pelo aprumo, pela individualidade, mais do que pela cor ou pelo tamanho. Conheço de cor e salteado, sou capaz de distingui-lo entre mil *pointers* iguaizinhos uns aos outros.

— Mas eu não, é lógico. Outra coisa. O senhor prometeu uma boa recompensa.

— Exato.

— De quanto?

— Bem, eu acho que dois mil cruzeiros para quem me trouxer o Toy, ou mil para quem indicar o seu paradeiro, é uma boa recompensa, o senhor não acha?

— Quer mesmo que eu diga? Acho pouco.

— Pouco por quê? Sabe qual o preço máximo de um *pointer* inglês? Dois mil e quinhentos.

— Sim, é o preço de mercado, para cães de *pedigree*, mas tem uma coisa mais importante do que *pedigree*: o amor a um animal de estimação. Seu amor está cotado em dois mil?

— Ah, o senhor não deve falar assim, o senhor me tortura. Quisera eu dispor de cinco mil, de dez mil, de cinquenta mil cruzeiros, para resgatar o meu querido Toy. Mas sou um simples inativo do Ministério da Justiça, à espera de classificação no cargo inicial da carreira, o senhor entende?

— Sendo assim... não se fala mais nisso. Desculpe. Não quero aumentar sua aflição. Mas já que entramos nessas intimidades, quero corresponder à sua confiança e dizer-lhe uma coisa.

— Qual?

— Não convém o senhor se amofinar por causa do Toy.

— Como? Quer dizer que ele morreu?!

— Deus me livre. Eu nunca seria portador de uma notícia dessas.

— E então?

— Então, é que numa cidade imensa como esta, com milhares de cães perdidos, a probabilidade de encontrar o seu bichinho é muito limitada. Enquanto espera, o senhor sofre, o senhor se angustia, o senhor fica mais triste ainda. Por que, em vez disso, não parte para outra?

— Deixar de procurar o Toy? Seria uma infâmia!

— Quem falou em infâmia? Quero apenas o seu bem, a ordem de suas coronárias, de sua cuca. O senhor evitará muitas decepções, conservando a memória do Toy encarnada em outro animalzinho adorável. Olhe, eu tenho aqui um filhote de miniatura *pinscher* que é uma graça, um amor de coisinha leve. Posso lhe dar por dois mil cruzeiros, exatamente a importância de que o senhor dispõe e que provavelmente não terá aplicação ao insistir em procurar o Toy... Assim o senhor, de Vovô Triste, na fossa, passará a Vovô Alegre, digo mais... a Vovô Feliz...

— Bandido! Miserável!

RICK E A GIRAFA

No Jardim Zoológico, neste domingo azul, a girafa olha do alto para as crianças, e parece convidá-las a um passeio no dorso. Há uma escada perto, e se for encostada ao animal, Ricardo (Rick é o seu apelido) poderá chegar até lá.

O garoto mede a distância que vai do chão ao lombo, e julga-se em condições de vencê-la. Uma vez lá em cima, cavalgando o pescoço, e segurando-lhe os chifres, pedirá à girafa, depois de umas voltas pelo Jardim, que o leve por aí, percorrendo o mundo.

Presa há tanto tempo, a girafa há de estar ansiosa de liberdade. Não será difícil transpor a cerca. Ela espera que Rick lhe proponha a aventura. Ninguém se atreverá a travar-lhe os passos, e Rick vai dirigi-la nos rumos que aprendeu no atlas escolar.

O problema é descer de vez em quando, para Rick alimentar-se de biscoitos, fazer necessidades e dormir. Camarada, a girafa irá se deitando aos poucos, primeiro dobrando devagar as pernas, depois se inclinando lentamente para o lado, e afinal arriando com suavidade a carga infantil.

Mas para subir outra vez, como se arranjaria ele? Escada não haverá. Mesmo deitada, a girafa é difícil de subir. A imaginação não lhe fornece recurso plausível. O sonho frustrou-se. Rick levanta o braço direito e, com a mão espalmada em gesto de adeus à girafa que gentilmente o convidara, esclarece:

— Muito obrigado. Fica para outra ocasião, quando eu crescer.

MOACYR SCLIAR

CÃO

— Olha o que eu trouxe da minha viagem — disse o senhor Armando a seu amigo Heitor, tirando algo do bolso. Estavam sentados no aprazível jardim frente à casa do senhor Heitor.

Era um cão; um pequeno cão, talvez o menor cão do mundo. O senhor Armando colocou-o sobre a mesa, onde o animalzinho ficou a palpitar. Era menor que os copos de uísque.

— O que é isso? — perguntou o senhor Heitor.

— É um cão japonês. Tu sabes, os japoneses especializaram-se na arte da miniatura. Este cão é um exemplo típico: há gerações que eles vêm cruzando exemplares cada vez menores, até chegarem a este bichinho. E olha que eles partiram do cão selvagem, parente próximo do lobo.

— Ele mantém a ferocidade do lobo — continuou o senhor Armando — aliada às qualidades do cão de guarda. Além disso, há vários aperfeiçoamentos técnicos. Os dentes foram revestidos de uma camada de platina; são duros e afiadíssimos. Aqui nas orelhas, como vês, está instalado um aparelho acústico para melhorar a audição. Nos olhos, lentes de contato que receberam um tratamento especial, de modo a permitir a visão no escuro. E o treinamento! Que treinamento, meu caro! Doze anos...

— Doze anos tem esse animal?

— Doze anos. Doze anos de condicionamento contínuo; ele é capaz de reconhecer um marginal a quilômetros de distância. Odeia-os mortalmente. Digo-te uma coisa: desde que tenho esta joia em casa, tenho estado mais tranquilo.

Recostou-se na poltrona e sorveu um gole de uísque.

Nesse momento, alguém bateu palmas no portão. Era um homem; um mendigo esfarrapado, apoiado numa muleta.

— Que quer? — gritou o senhor Heitor.

— Uma esmolinha pelo amor de Deus...

— Adolfo! — o senhor Heitor chamava o criado. — Vem cá!

— Um instantinho, Heitor — disse o senhor Armando, com os olhos brilhando.

— Não queres ver o meu cãozinho trabalhando?

E sem esperar resposta, cochichou ao ouvido do cão:

— Vai, Bilbo! Traze-o aqui! — E ao amigo: — É a primeira vez que ele vai trabalhar aqui no Brasil.

Nesse meio-tempo, Bilbo tinha pulado da mesa e corria pelo gramado como uma flecha. Pouco depois, o mendigo entrou portão adentro como se estivesse sendo arrastado por um trator.

— Viste? — gritou o senhor Armando entusiasmado. E já o mendigo estava diante deles, com os dentes de platina de Bilbo ferrados à perna sã.

— O que queres? — indagou o senhor Heitor, com severidade.

— Uma esmolinha, pelo amor... — começou a dizer o mendigo, a cara retorcida de dor.

— E por que não trabalhas, bom homem?

— Não posso... Não tenho uma perna...

— Há muitos empregos em que se pode trabalhar mesmo sem perna.

— Nenhum emprego me dá o que eu tiro em esmola! — disse o mendigo, irritado.

— Tu és um vagabundo! — gritou o senhor Heitor, indignado. — Um marginal! Um pária da sociedade! Vai-te, antes que eu te castigue.

O mendigo tentou mover-se, mas não conseguiu: Bilbo impedia que ele caminhasse.

— Um momento, Heitor — disse o senhor Armando. — Bilbo está a nos indicar o caminho correto. Por que deixar partir este homem? Para que amanhã assalte a minha casa ou a tua?

— Mas... — começou a dizer o senhor Heitor.

— Deixemos que Bilbo se encarregue do assunto. Vai, Bilbo!

Com uma hábil manobra da minúscula cabecinha, Bilbo jogou a sua presa ao chão. A seguir, iniciando pela própria perna onde tinha os dentes ferrados, começou metodicamente a mastigar. Primeiro comeu o membro inferior; depois passou para o coto da perna, de lá ao abdômen, ao tórax, e à cabeça. Tudo muito rapidamente; ao mesmo tempo ia sorvendo o sangue, de modo a não sujar a grama verde. Finalmente, o último resíduo do mendigo — o olho direito — sumiu na boca do cãozinho, ainda com um brilho de pavor. Para completar, Bilbo comeu a muleta que ficara encostada à mesa.

— Viste? — disse o senhor Armando satisfeito. — Até madeira.

— Muito engenhoso — disse o senhor Heitor, tomando um gole de uísque. — Vou aceitá-lo.

— Como? — o senhor Armando estava assombrado.

— Em troca da dívida que tens comigo.

— Absolutamente, Heitor! — gritou o senhor Armando, indignado. Pôs-se de pé, apanhou o cãozinho e colocou-o no bolso. — Dívida é dívida. Será paga em dinheiro, no momento devido. Este cão está acima de qualquer avaliação. Tua conduta me surpreende. Jamais pensei que um cavalheiro pudesse agir assim. Adeus!

Encaminhou-se para o portão.

— Marginal! — gritou o senhor Heitor. — Ladrão!

O senhor Armando voltou-se. Ia dizer qualquer coisa, mas soltou um grito. O senhor Heitor, que enxergava mal, procurou seus óculos; enquanto isto, via confusamente o vulto do senhor Armando desintegrando-se perto do portão. Quando finalmente achou os óculos, deu com Bilbo diante de si, latindo alegremente. Do senhor Armando, nem vestígio.

— Ótimo — murmurou o senhor Heitor, esvaziando o copo de uísque.

— Heitor! — Era a esposa que surgia à porta. O senhor Heitor meteu Bilbo no bolso rapidamente. — O que tens aí, Heitor?

— É... um cachorrinho — disse o senhor Heitor.

— Deveras, Heitor! — A esposa estava furiosa. — Quantas vezes já te disse que não quero animais nesta casa? Onde arranjaste esse cão?

— Era de Armando. Ele... me deu.

— Mentira! Armando nunca daria algo a ninguém! Tu roubaste dele! — Os olhos da mulher brilhavam. — Ladrão! Marginal!

O senhor Heitor sorria. De repente, deu um grito e desapareceu. Quanto à mulher, via apenas um cãozinho com a língua de fora.

OS LEÕES

Hoje não, mas há anos os leões foram perigo. Milhares, milhões deles corriam pela África, fazendo estremecer a selva com seus rugidos. Houve receio de que eles chegassem a invadir a Europa e a América. Wright, Friedman, Mason e outros lançaram sérias advertências a respeito. Foi decidido então exterminar os temíveis felinos. O que foi feito da maneira que se segue.

A grande massa deles, concentrada perto do lago Tchad, foi destruída com uma única bomba atômica de média potência, lançada de um bombardeiro, num dia de verão. Quando o característico cogumelo se dissipou, constatou-se, por fotografias, que o núcleo da massa leonina tinha simplesmente se desintegrado. Rodeava-o um setor de cerca de dois quilômetros, composto de postas de carne, pedaços de osso e jubas sanguinolentas. Na periferia, leões agonizantes.

A operação foi classificada de "satisfatória" pelas autoridades encarregadas. No entanto, como sempre acontece em empreendimentos dessa envergadura, os problemas residuais constituíram-se, por sua vez, em fonte de preocupação. Tal foi o caso dos leões radioativos, que, tendo escapado à explosão, vagueavam pela selva. É verdade que cerca de vinte por cento deles foram mortos pelos zulus nas duas semanas que se seguiram à explosão. Mas a proporção de baixas entre os nativos (dois para cada leão) desencorajou mesmo os peritos mais otimistas.

Tornou-se necessário recorrer a métodos mais elaborados. Para tal criou-se um laboratório de treinamento de gazelas, cujo objetivo primário era liberar os animais do instinto de conservação. Seria fastidioso entrar nos detalhes desse trabalho, aliás muito elegante; é suficiente dizer que o método utilizado foi o de Walsh e colaboradores, uma espécie de *brain-wash* adaptado a animais. Conseguido um número apreciável de gazelas automatizadas, foi ministrada às mesmas uma forte dose de um tóxico de ação lenta. As gazelas procuraram os leões, deixaram-se matar e comer; as feras, ingerindo a carne envenenada, vieram a ter morte suave em poucos dias.

A solução parecia ideal; mas havia uma raça de leões (poucos, felizmente) resistente a esse e a outros poderosos venenos. A tarefa de matá-los foi entregue a caçadores equipados com armamento sofisticado e ultrassecreto. Dessa vez, sobrou apenas um exemplar, uma fêmea que foi capturada e esquartejada perto de Brazzaville. Descobriu-se no útero da leoa um feto viável; pouco radioativo, o animalzinho foi criado em estufa. Visava-se, com isso, a preservação da fauna exótica.

Mais tarde o leãozinho foi levado para o zoo de Londres, onde, apesar de toda a vigilância, foi assassinado por um fanático. A morte da pequena fera foi saudada com entusiasmo por amplas camadas da população.

— Os leões estão mortos! — gritava um soldado embriagado. — Agora seremos felizes!

No dia seguinte começou a Guerra da Coreia.

A VACA

Numa noite de temporal, um navio naufragou ao largo da costa africana. Partiu-se ao meio, e foi ao fundo em menos de um minuto. Passageiros e tripulantes pereceram instantaneamente. Salvou-se apenas um marinheiro, projetado à distância no momento do desastre. Meio afogado, pois não era bom nadador, o marinheiro orava e despedia-se da vida, quando viu a seu lado, nadando com presteza e vigor, a vaca Carola.

A vaca Carola tinha sido embarcada em Amsterdã.

Excelente ventre, fora destinada a uma fazenda na América do Sul.

Agarrado aos chifres da vaca, o marinheiro deixou-se conduzir; e assim, ao romper do dia, chegaram a uma ilhota arenosa, onde a vaca depositou o infeliz rapaz, lambendo-lhe o rosto até que ele acordasse.

Notando que estava numa ilha deserta, o marinheiro rompeu em prantos:

— Ai de mim! Esta ilha está fora de todas as rotas! Nunca mais verei um ser humano!

Chorou muito, prostrado na areia, enquanto a vaca Carola fitava-o com os grandes olhos castanhos.

Finalmente, o jovem enxugou as lágrimas e pôs-se de pé.

Olhou ao redor: nada havia na ilha, a não ser rochas pontiagudas e umas poucas árvores raquíticas. Sentiu fome; chamou a vaca:

— Vem, Carola! — ordenhou-a e bebeu leite bom, quente e espumante. Sentiu-se melhor; sentou-se e ficou a olhar o oceano.

— Ai de mim — gemia de vez em quando, mas já sem muita convicção; o leite lhe fizera bem.

Naquela noite dormiu abraçado à vaca. Foi um sono bom, cheio de sonhos reconfortantes; e quando acordou — ali estava o ubre a lhe oferecer o leite abundante.

Os dias foram passando e o rapaz cada vez mais se apegava à vaca.

— Vem, Carola! — Ela vinha, obediente.

Ele cortava um pedaço de carne tenra — gostava muito de língua — e devorava-o cru, ainda quente, o sangue escorrendo pelo queixo. A vaca nem mugia. Lambia as feridas, apenas. O marinheiro tinha sempre o cuidado de não ferir órgãos vitais; se tirava um pulmão, deixava o outro; comeu o baço, mas não o coração etc.

Com pedaços de couro, o marinheiro fez roupas e sapatos e um toldo para abrigá-lo do sol e da chuva. Amputou a cauda de Carola e usava-a para espantar as moscas.

Quando a carne começou a escassear, atrelou a vaca a um tosco arado, feito de galhos, e lavrou um pedaço de terra mais fértil, entre as árvores.

Usou o excremento do animal como adubo. Como fosse escasso, triturou alguns ossos, para usá-los como fertilizante.

Semeou alguns grãos de milho, que tinham ficado nas cáries da dentadura de Carola. Logo, as plantinhas começaram a brotar e o rapaz sentiu renascer a esperança.

Na Festa de São João, comeu canjica.

A primavera chegou. Durante a noite uma brisa suave soprava de lugares remotos, trazendo sutis aromas.

Olhando as estrelas, o marinheiro suspirava. Uma noite, arrancou um dos olhos de Carola, misturou-o com água do mar e engoliu esta leve massa. Teve visões voluptuosas, como nenhum mortal jamais experimentou... Transportado de desejo, aproximou-se da vaca... E ainda dessa vez, foi Carola quem lhe valeu.

Muito tempo se passou, e um dia o marinheiro avistou um navio no horizonte. Doido de alegria, berrou com todas as forças, mas não lhe respondiam: o navio estava muito longe. O marinheiro arrancou um dos chifres de Carola e improvisou uma corneta. O som poderoso atroou os ares, mas ainda assim não obteve resposta.

O rapaz desesperava-se: a noite caía e o navio afastava-se da ilha. Finalmente, o rapaz deitou Carola no chão e jogou um fósforo aceso no ventre ulcerado de Carola, onde um pouco de gordura ainda aparecia.

Rapidamente, a vaca incendiou-se. Em meio à fumaça negra, fitava o marinheiro com seu único olho bom. O rapaz estremeceu; julgou ter visto uma lágrima. Mas foi só impressão.

O clarão chamou a atenção do comandante do navio; uma lancha veio recolher o marinheiro. Iam partir, aproveitando a maré, quando o rapaz gritou: "Um momento!"; voltou para a ilha, e apanhou, do montículo de cinzas fumegantes, um punhado que guardou dentro do gibão de couro. "Adeus, Carola", murmurou. Os tripulantes da lancha se entreolharam. "É do sol", disse um.

O marinheiro chegou a seu país natal. Abandonou a vida do mar e tornou-se um rico e respeitado granjeiro, dono de um tambo com centenas de vacas.

Mas apesar disso, viveu infeliz e solitário, tendo pesadelos horríveis todas as noites, até os quarenta anos. Chegando a essa idade, viajou para a Europa de navio.

Uma noite, insone, deixou o luxuoso camarote e subiu ao tombadilho iluminado pelo luar. Acendeu um cigarro, apoiou-se na amurada e ficou olhando o mar.

De repente estirou o pescoço, ansioso. Avistara uma ilhota no horizonte.

— Alô — disse alguém, perto dele.

Voltou-se. Era uma bela loira, de olhos castanhos e busto opulento.

— Meu nome é Carola — disse ela.

LYGIA FAGUNDES TELLES

HISTÓRIA DE PASSARINHO

Um ano depois os moradores do bairro ainda se lembravam do homem de cabelo ruivo que enlouqueceu e sumiu de casa.

Ele era um santo, disse a mulher levantando os braços. E as pessoas em redor não perguntaram nada e nem era preciso perguntar o que se todos já sabiam que era um bom homem que de repente abandonou casa, emprego no cartório, o filho único, tudo. E se mandou Deus sabe para onde.

Só pode ter enlouquecido, sussurrou a mulher, e as pessoas tinham que se aproximar inclinando a cabeça para ouvir melhor. Mas de uma coisa estou certa, tudo começou com aquele passarinho, começou com o passarinho. Que o homem ruivo não sabia se era um canário ou um pintassilgo, Ô! Pai, caçoava o filho, que raio de passarinho é esse que você foi arrumar?!

O homem ruivo introduzia o dedo entre as grades da gaiola e ficava acariciando a cabeça do passarinho que por essa época era um filhote todo arrepiado, escassa a plumagem amarelo-pálido com algumas peninhas de um cinza-claro.

Não sei, filho, deve ter caído de algum ninho, peguei ele na rua, não sei que passarinho é esse.

O menino mascava chicle. Você não sabe nada mesmo, Pai, nem marca de carro, nem marca de cigarro, nem marca de passarinho, você não sabe nada.

Em verdade, o homem ruivo sabia bem poucas coisas. Mas de uma coisa ele estava certo, é que naquele instante gostaria de estar em qualquer parte do mundo, mas em qualquer parte mesmo, menos ali. Mais tarde, quando o passarinho cresceu, o homem ruivo ficou sabendo também o quanto ambos se pareciam, o passarinho e ele.

Ai! o canto desse passarinho, resmungava a mulher, Você quer mesmo me atormentar, Velho. O menino esticava os beiços tentando fazer rodinhas com a fumaça do cigarro que subia para o teto: Bicho mais chato, Pai. Solta ele.

Antes de sair para o trabalho o homem ruivo costumava ficar algum tempo olhando o passarinho que desatava a cantar, as asas trêmulas ligeiramente abertas, ora pousando num pé, ora noutro e cantando como se não pudesse parar nunca mais. O homem então enfiava a ponta do dedo entre as grades, era a despedida e o passarinho, emudecido, vinha meio encolhido oferecer-lhe a cabeça para a carícia. Enquanto o homem se afastava, o passarinho se atirava meio às cegas contra as grades, fugir, fugir! Algumas vezes, o homem assistiu a essas tentativas que deixavam o passarinho tão cansado, o peito palpitante, o bico ferido. Eu sei, você quer ir embora, você quer ir embora mas não pode ir, lá fora é diferente e agora é tarde demais.

A mulher punha-se então a falar e falava uns cinquenta minutos sobre as coisas todas que quisera ter e que o homem ruivo não lhe dera, não esquecer aquela viagem para Pocinhos do Rio Verde e o Trem Prateado descendo pela noite até o mar. Esse mar que se não fosse o Pai (que Deus o tenha!) ela jamais teria conhecido porque em negra hora se casara com um homem que não prestava para nada, Não sei mesmo onde estava com a cabeça quando me casei com você, Velho.

Ele continuava com o livro aberto no peito, gostava muito de ler. Quando a mulher baixava o tom de voz, ainda furiosa (mas sem saber mais a razão de tanta fúria), o homem ruivo fechava o livro e ia conversar com o passarinho que se punha tão manso que se abrisse a portinhola poderia colhê-lo na palma da mão. Decorridos os cinquenta minutos das queixas, e como ele não respondia mesmo, ela se calava exausta. Puxava-o pela manga, afetuosa: Vai, Velho, o café está esfriando, nunca pensei que nesta idade eu fosse trabalhar tanto assim. O homem ia tomar o café. Numa dessas vezes, esqueceu de fechar a portinhola e quando voltou com o pano preto para cobrir a gaiola (era noite) a gaiola estava vazia. Ele então sentou-se no degrau de pedra da escada e ali ficou pela madrugada, fixo na escuridão. Quando amanheceu, o gato da vizinha desceu o muro, aproximou-se da escada onde estava o homem ruivo e ficou ali estirado, a se espreguiçar sonolento de tão feliz. Por entre o pelo negro do gato desprendeu-se uma pequenina pena amarelo-acinzentada que o vento delicadamente fez voar. O homem inclinou-se para colher a pena entre o polegar e o indicador. Mas não disse nada, nem mesmo quando o menino que presenciara a cena desatou a rir, Passarinho mais besta! Fugiu e acabou aí, na boca do gato.

Calmamente, sem a menor pressa o homem ruivo guardou a pena no bolso do casaco e levantou-se com uma expressão tão estranha que o menino parou de rir para ficar olhando. Repetiria depois à Mãe, Mas ele até que parecia contente, Mãe, juro que o Pai parecia contente, juro! A mulher então interrompeu o filho num sussurro, Ele ficou louco.

Quando formou-se a roda de vizinhos, o menino voltou a contar isso tudo mas não achou importante contar aquela coisa que descobriu de repente: o Pai era um homem alto, nunca tinha reparado antes como ele era alto. Não contou também que estranhou o andar do Pai, firme e reto, mas por que ele andava agora desse jeito? E repetiu o que todos já sabiam, que quando o Pai saiu, deixou o portão aberto e não olhou para trás.

IRACEMA

Durante o dia, assim como os vampiros, Iracema ficava sumida, chegava com a noite. Eu então abria a fresta da janela e ela entrava silenciosa. Limpa. Nunca perguntei pelos seus negócios lá fora, eu a recebia simplesmente, Entra!

Corria na nossa classe que o professor de literatura estrangeira tinha paixão pela poesia francesa, Oh! Victor Hugo, Oh! Baudelaire!... Foi fácil comprar no sebo *Les Fleurs du Mal* e assim, com o Pai dos Burros ao lado, fui fazendo a traduçao, *"Viens, mon beau chat, sur mon coeur amoureux"*. A bela gata aceitava em parte o convite: andava um pouco pela sala, roçando o focinho pesquisador nos móveis, fixava-se mais em algum objeto e depois de verificar que tudo continuava sem novidades, assim como na véspera, infiltrava-se por entre minhas pernas ruminando coisas na língua dos gatos, era um afago? Em seguida ia se deitar não no meu peito mas na almofada preferida e ali ficava na sua posição de esfinge, as patas dianteiras recolhidas sob o peito, os olhos luminosos, ah! aquela simples presença me acalmava, ia tudo bem, é claro, meu namorado me amava e eu tinha boas notas nas provas.

Comprei duas tigelas de barro, uma para o leite e outra para a carne. Ela comia e bebia com elegância, sem se afobar mas também sem demonstrar fastio, o que seria indelicado: o apetite exato. Depois a toalete com as patinhas brancas limpando sem pressa o focinho. Recolhia as patas sob o peito e só então os olhos iam aos poucos esmorecendo, numa expressão de sorridente calma. Penso hoje que Iracema era a presença do Paraíso Perdido na nossa sala. Como seria triste viver sem um pouco desse fragmento na cidade de cimento e ferro: a família separada, agora eu vivia só com a minha mãe no apartamento modesto, estávamos pobres. E pobre não tem mesmo atrativos, a maior atração era eu mesma naquela juventude ansiosa, afinal, era muito cedo para se falar na tal angústia existencial e outras angústias, essa moda viria mais tarde.

* * *

Você sabe latim, Iracema? Me ajuda no latim — pedi-lhe mais de uma vez. Não teria feito esse pedido a um cachorro mas o gato tem um certo ar de latinista que vai até a raiz das coisas, Me ensina latim! supliquei rodopiando com ela no ritmo da valsa, tinha uma valsa no toca-discos. Pulou do meu colo, gato não gosta de dançar, gosta de ouvir música fina, mas sem sair da sua posição preferida. Gosta também de poesia, tantos poetas do mundo foram se inspirar em gatos com suas emanações de sortilégio. Magia.

Eu tinha dito que Iracema era um fragmento do Paraíso Perdido, mas tia Andrelina quando nos visitou teve aquele sorriso quando viu Iracema surgir do fundo da noite e varar como uma seta a nossa janela e vupt! — cair de pé no meio da sala. Gato tem parte com o Diabo, ela disse e começou a tagarelar, As orelhas deles se aguçam para trás, pontudas e malignas feito chifres. E o pelo que se eriça, às vezes, elétrico, o rabo na vertical. O olho também entra na metamorfose misteriosa, o verde-esmeralda invadido pelo negro da pupila dementada — ah! por que, às vezes, essa mudança?!... Mas de curta duração porque ser Diabo é muito laborioso, gracejou a tia. E gato é preguiçoso, companhia ideal para os contemplativos. Para as bruxas cismarentas e para os amantes mais velhos, na idade da razão e ainda depois, na velhice, os velhos gostam dos bichos quietos. Memória e cinza.

Achei graça nas considerações da tia mas bem que pensei nelas quando rompi com o namorado, sim, Iracema era uma egoísta, meu coração queimando e Iracema ali, impassível. O telefone mudo, o bilhete que não chegava e ela assim indiferente, distante, Vai, Iracema, fala se ele não me ama mais, fala?! E o *beau chat* indiferente, presente, mas desligado. Brigamos, ou melhor, só eu briguei. Um cachorro teria vindo me consolar, lamber minhas lágrimas, fazer piruetas para me obrigar a rir, mas a gata era uma comodista, Você é uma comodista! eu disse. Eu aqui tão aflita, rolando de desespero e você com essa cara de lata, ah! por que não tenho um cachorro?!

Ela ouviu impassível e em seguida saiu da almofada, subiu na poltrona diante da janela e ficou voltada para fora. Depois, sem uma palavra, entrou na fresta e sumiu na noite.

Fiquei feliz quando desconfiei que ela estava grávida, era mesmo uma gata. Ficou mais gorda e mais bonita, o andar assim suave. Às vezes me interrogava com os grandes olhos úmidos, E então? Acalmei-a, Tudo bem, querida. Preparei para você este caixotinho, está vendo? Ele vai ficar aqui neste banco, junto da janela. Quando chegar a hora você vem e pula nele, forrei com panos, veja como está quentinho! Ela entendeu e aprovou.

Estava na época das minhas férias, minha mãe e eu íamos viajar mas antes fiz as recomendações para a nossa vizinha que ficou com a chave do apartamento e partimos.

Quando voltamos o porteiro do prédio veio informar com aquela indiferença tão indiferente que a nossa gata tinha morrido. A vizinha teve que passar essa noite no hospital e quando voltou de manhã achou a gata morta junto da janela com os dois gatinhos prematuros...

Outras casas, outros bichos, mas aquela Iracema. Vejo-a em pensamento arranhando o vidro da janela tentando entrar e então peço-lhe perdão pela janela fechada e por aquela nossa briga que eu provoquei, quando ela me deu as costas e ficou olhando a lua.

SOBRE OS AUTORES

Os irmãos JACOB E WILHELM GRIMM nasceram em Hanau, na Alemanha, em 1785 e 1786, respectivamente, e, como o pai, ambos estudaram direito. Mas abandonaram a advocacia para se dedicar à literatura e, como grandes estudiosos da língua e da cultura alemãs, passaram a dar aulas em universidades do país. A fim de registrar a maior gama possível de narrativas que faziam parte da tradição oral e do folclore germânicos, os irmãos Grimm coletaram histórias país afora e, depois, as reuniram no livro *Contos de fadas para o lar e as crianças*, publicado em dois volumes em 1812 e 1815. Essa edição inclui contos como *Branca de Neve e os sete anões*; *O pequeno polegar*; *João e Maria*; *Chapeuzinho vermelho*, mas outros tantos foram acrescentados em edições posteriores. Jacob morreu em 1863 e Wilhelm, em 1859. O conto "Mesinha-ponha-se, o asno de ouro e porrete-pule-do-saco" foi retirado do livro *Contos de Grimm* (Companhia das Letrinhas).

HANS CHRISTIAN ANDERSEN nasceu em 1805, na Dinamarca. Aprendeu a ler quando era bem pequeno e sempre adorou ouvir histórias. Trabalhou como ator e bailarino antes de começar a escrever e, apesar de ter publicado romances, teatro e poesia, foram os contos infantis, como "O patinho feio", "O soldadinho de chumbo", entre tantos outros, que lhe conferiram fama e reconhecimento internacional. Em suas histórias, Andersen revela os confrontos existentes entre poderosos e desprotegidos, mostrando-se a favor da igualdade de direitos entre os seres humanos. Por sua contribuição para a literatura, a data de seu nascimento, 2 de abril, se tornou o Dia Internacional do Livro Infantojuvenil, e o prêmio mais importante do gênero leva seu nome. Andersen faleceu no dia 4 de agosto de 1875. O conto "O rouxinol" foi retirado do livro *Histórias maravilhosas de Andersen* (Companhia das Letrinhas).

JOAQUIM MARIA MACHADO DE ASSIS nasceu em 21 de junho de 1839, no morro do Livramento, no Rio de Janeiro. Logo cedo mostrou inclinação para as letras e aos quinze anos já começava a publicar poesia. Trabalhou como revisor e caixeiro para Francisco de Paula Brito e em seguida passou a colaborar em diversos jornais e revistas do país. Publicou seu primeiro livro de poesias, *Crisálidas*, em 1864; a primeira coletânea de histórias curtas, *Contos fluminenses*, em 1870; e o primeiro romance, *Ressurreição*, em 1872. Ao longo da década de 1870, escreveria mais três livros de prosa: *A mão e a luva*, *Helena* e *Iaiá Garcia*, mas seu primeiro grande sucesso, no entanto, foi *Memórias póstumas de Brás Cubas*, publicado quase dez anos depois, em 1881. Também são dessa década *Papéis avulsos*, de 1882, e *Dom Casmurro*, de 1889. Em 1897, foi eleito presidente da Academia Brasileira de Letras, instituição que ajudara a fundar no ano anterior. Machado de Assis morreu no dia

29 de setembro de 1908, aos 69 anos de idade. O conto "Ideias de canário" foi retirado da coletânea *50 contos de Machado de Assis* (Companhia das Letras).

GUY DE MAUPASSANT nasceu em 1850, na França. Depois da separação dos pais, em 1860, ele e o irmão, sob a guarda da mãe, passaram a viver no agitado balneário de Étretat, onde o jovem travou conhecimento com personalidades notáveis da cultura francesa. Aproximou-se do poeta Louis Bouillet e do escritor Gustave Flaubert, seus dois grandes mestres, quando frequentava o liceu Corneille, em Rouen. Em 1870, quando cursava a faculdade de direito em Paris, foi convocado para servir o Exército e obrigado a combater na Guerra Franco-Prussiana. A partir de 1880, começou a publicar contos, crônicas e críticas — e, mais tarde, também romances — na imprensa diária. O sucesso repentino dessa época transformou-o num autor disputado e respeitado em toda a França, alçando-o ao mesmo tempo ao papel de *bon vivant*. Maupassant morreu em 1893. O conto "O lobo" foi retirado do livro *125 contos de Guy de Maupassant* (Companhia das Letras).

AFONSOS HENRIQUES DE LIMA BARRETO, nasceu no Rio de Janeiro, em 13 de maio de 1881, filho do tipógrafo João Henriques e da professora Amália Augusta, ambos mulatos. A mãe, escrava liberta, morreu precocemente, quando o filho tinha seis anos. A abolição da escravatura ocorreu no ano seguinte, 1888, no dia do aniversário de sete anos de Lima Barreto, mas o preconceito racial e a difícil inserção de negros e mulatos na sociedade brasileira nunca deixaram de ocupar o centro de sua obra. Em 1905, começou a colaborar mais regularmente na imprensa, escrevendo reportagens para o *Correio da Manhã* sobre a demolição do morro do Castelo, no centro do Rio, consideradas um dos marcos inaugurais do jornalismo literário brasileiro. Na mesma época escreve a primeira versão de *Clara dos Anjos,* livro que seria publicado postumamente. Em 1911, escreve e publica *Triste fim de Policarpo Quaresma* em folhetim, no *Jornal do Comércio.* É autor ainda de outros cinco romances e inúmeras crônicas, contos e peças satíricas. Lima Barreto morreu no Rio de Janeiro, no dia 1º de novembro de 1922, aos 41 anos. O conto "A ave estranha (*Uma anedota do reino dos Perus*)" foi retirado de *Contos completos de Lima Barreto* (Companhia das Letras).

MARCUS VINICIUS DE MELO MORAES nasceu em 19 de outubro de 1913, na ilha do Governador, no Rio de Janeiro. Formou-se em direito e com dezenove anos publicou seu primeiro livro de poesia, *O caminho para a distância.* Em 1938, ganhou uma bolsa para estudar língua e literatura inglesas na Universidade de Oxford, na Inglaterra, e pouco tempo depois, em 1941, entrou para o Itamaraty, assumindo o posto de vice-cônsul em Los Angeles em 1946. Quando conheceu Antonio Carlos Jobim, em 1953, deu início a um apaixonado envolvimento com a música brasileira, tornando-se um dos maiores letristas do país. Foi ainda jornalista, crítico de cinema e autor de inúmeros livros de poemas, contos e crônicas. Vinicius morreu em 1980, em sua casa, no Rio de Janeiro. O conto "Do amor aos bichos" foi retirado do livro *Para uma menina com uma flor*; "De pombos e de gatos" faz parte de *Para viver um grande amor,* ambos publicados pela Companhia das Letras.

ITALO CALVINO nasceu em Santiago de Las Vegas, Cuba, em

1923. Mas logo após o seu nascimento partiu para a Itália, onde, anos depois, participou da resistência ao fascismo durante a Segunda Guerra Mundial e foi membro do Partido Comunista até 1956. Em 1946, instalou-se em Turim, onde defendeu uma tese de doutorado sobre Joseph Conrad. Publicou seu primeiro livro, *Il sentiero dei nidi di ragno*, inspirado em sua participação na resistência, em 1947. Com *O visconde partido ao meio*, lançado em 1952, o autor abandonou o neorrealismo dos primeiros textos e passou a explorar a fábula e o fantástico, elementos que a partir daí marcariam profundamente sua obra. Nos anos 1960 e 1970 aprofundou suas experiências formais em livros como *As cidades invisíveis* e *Se um viajante numa noite de inverno*. Considerado um dos maiores escritores europeus do século XX, Calvino morreu em 1985. Os contos que figuram nesta antologia foram retirados do livro *Fábulas italianas* (Companhia de Bolso).

CARLOS DRUMMOND DE ANDRADE nasceu em Itabira, Minas Gerais, em 1902. Estudou em diversas escolas e, aos dezessete anos, foi expulso do colégio Anchieta por ter se desentendido com o professor de português. Logo depois se mudou para Belo Horizonte, onde frequentou a Escola de Odontologia e Farmácia. Drummond, que já nessa época era apaixonado por livros, estreou na literatura em 1930 com os versos de *Alguma poesia* e logo se tornou um dos grandes poetas do século XX. Nos cinquenta anos seguintes, publicou diversas obras fundamentais em verso e prosa, e morreu no Rio de Janeiro em 1987, aos 84 anos. O conto "Rick e a girafa" pertence a *Contos plausíveis*, publicado pela Companhia das Letras. Já "Um cão, outro cão" saiu no livro *Boca de luar* (Record) a ser lançado pela Companhia das Letras.

MOACYR SCLIAR nasceu em Porto Alegre, em 1937. Cursou medicina na Universidade Federal do Rio Grande do Sul e especializou-se em saúde pública. Autor de mais de setenta livros — entre eles romances, contos, ensaios, crônicas, ficção infantojuvenil —, suas obras foram publicadas em muitos países e tiveram grande repercussão internacional. Além de exercer as profissões de médico e escritor, Scliar foi colunista do jornal *Zero Hora,* de Porto Alegre, colaborador de vários outros órgãos da imprensa no país e no exterior, e membro da Academia Brasileira de Letras. Recebeu prêmios importantes, como o Jabuti (1988, 1993 e 2000), o APCA (1989) e o Casa de las Américas (1989), e teve muitos de seus textos adaptados para o cinema, o teatro, a televisão e o rádio. Morreu em março de 2011 aos 74 anos. Os textos presentes nesta antologia foram retirados do livro *Contos reunidos* (Companhia das Letras).

LYGIA FAGUNDES TELLES nasceu em São Paulo, em 19 de abril de 1923, mas passou a infância no interior do estado, onde o pai, o advogado Durval de Azevedo Fagundes, atuou como promotor público. A mãe, Maria do Rosário de Azevedo (a Zazita), era pianista. Começou a escrever durante a adolescência, quando recebeu o incentivo de grandes amigos, os escritores Carlos Drummond de Andrade, Erico Verissimo e Edgard Cavalheiro. Lygia estudou direito e educação física antes de se dedicar exclusivamente à literatura. Considerada pela crítica uma das mais importantes escritoras brasileiras, publicou seu primeiro livro de contos, *Porão e sobrado,* aos quinze anos. Contudo, mais tarde Lygia viria a rejeitar seus primeiros livros. *Ciranda de pedra,* de 1954, é considerada por Antonio Candido a obra em que a autora alcança a maturidade literária. Foi eleita para a Academia Brasileira de Letras em 1985 e em 2005 recebeu o prêmio Camões, o mais importante da literatura de língua portuguesa. Teve suas obras publicadas em diversos países, adaptadas para a TV, o teatro e o cinema, e vive atualmente em São Paulo. O conto "História de passarinho" foi retirado do livro *Invenção e Memória*; e "Iracema", de *Disciplina do amor,* ambos publicados pela Companhia das Letras.

1ª EDIÇÃO [2012] 1 reimpressão

ESTA OBRA FOI COMPOSTA POR ACOMTE EM
BERLING E IMPRESSA PELA RR DONNELLEY EM OFSETE SOBRE
PAPEL PÓLEN SOFT DA SUZANO PAPEL E CELULOSE PARA A
EDITORA SCHWARCZ EM ABRIL DE 2014

FSC
www.fsc.org
MISTO
Papel produzido
a partir de
fontes responsáveis
FSC® C101537

A marca FSC® é a garantia de que a madeira utilizada na fabricação do papel deste livro provém de florestas que foram gerenciadas de maneira ambientalmente correta, socialmente justa e economicamente viável, além de outras fontes de origem controlada.